Maria da Glória Cardia de Castro

NEM PARA SEMPRE, NUNCA MAIS

Ilustrado por Thais Linhares

CB037332

SUPLEMENTO DE ATIVIDADES
Elaborado por Andréia Manfrin Alves

NOME: _____

ANO: _____

ESCOLA: _____

Editora do Brasil

Nem para sempre, nem nunca mais conta a história de Luísa, uma adolescente que se vê obrigada a se separar de seu amigo de infância e atual namorado em razão da transferência de seu pai para a França, um país de língua e de cultura bastante diferentes da sua. Apesar de parecer totalmente negativa, essa mudança vai, de alguma forma, contribuir para o crescimento e amadurecimento dessa jovem, que descobre, com o passar do tempo e através de suas conversas com a autora, que nada na vida é eterno, nem mesmo o que ela acreditava ser *para sempre*.

1) Tantos mundos

Acompanhamos a nova vida de Luísa e de sua família em uma terra distante. Se dentro do Brasil, onde todos falam a mesma língua, algumas diferenças culturais podem fazer com que nos sintamos estrangeiros em nosso próprio país, imagine em outro, que fica num continente diferente! Um exemplo disso foi o episódio da chegada da família ao hotel em Paris, quando a taxista brada diversos xingamentos por não ter recebido nenhuma gorjeta de seus clientes, o que é comum por lá e raro por aqui.

Muitas outras diferenças entre a cultura francesa e a brasileira são ilustradas durante toda a história. Imagine que, depois de ler este livro, você tivesse de dar conselhos a um amigo com viagem marcada para Paris. O que você o aconselharia a fazer e o que você diria para ele *não* fazer em Paris? Que diferenças culturais ele encontraria por lá?

_____

_____

_____

_____

autores é que sempre, ao lermos uma história, sabemos que há um escritor por trás dela. No entanto, geralmente, o autor não conversa conosco, leitores, e muito menos com os personagens. Se você também pudesse conversar com a autora, como fez Luísa, que mudanças você sugeriria na história? Qual é o final que você daria para Luísa e sua família?

_____

_____

_____

_____

6 O que é que a França tem?

Vamos ver se você se lembra dos lugares por onde Luísa passou. Complete o diagrama de palavras respondendo às questões a seguir. No quadro em destaque, aparecerá o nome do continente onde se localiza a França.

1. Catedral em que morava o corcunda apaixonado pela cigana Esmeralda e que foi o lugar do primeiro encontro entre Luísa e Lucas.

2. Bairro boêmio de Paris onde os artistas e escritores se encontravam e onde Luísa foi jantar com sua família e com Lucas para comemorar o aniversário dela.

3. Construída por Gustave Eiffel para a Exposição Universal de 1889, é hoje o símbolo de uma das cidades mais charmosas do mundo.

4. Museu onde está exposto o quadro *Mona Lisa*, de Leonardo da Vinci, além de milhares de outras obras de arte conhecidas no mundo todo.

5. Conhecida também como "Cidade Luz", é o destino de muitos turistas, e também o de Luísa e de sua família.

Você já recebeu de seus pais uma notícia sobre alguma mudança que disseram ser necessária, mas com a qual você não concordou e teve de acatar assim mesmo, pois era novo demais para decidir?

_____

_____

_____

_____

4) Um coração jovem demais pra ser levado a sério...

Podemos acompanhar a transformação de Luísa ao longo da história, por meio de seus diálogos com a autora, da relação que ela mantém com seus pais e também de suas reações às cartas que recebe de André. Aos 16 anos, Luísa percebe que é considerada jovem demais para algumas coisas, mas madura o suficiente para outras.

Você tem mais ou menos a idade de Luísa? Quais são as suas responsabilidades? Faça uma lista de três coisas para as quais você ainda é considerado muito jovem para fazer e três coisas que você tem de fazer hoje e não fazia quando tinha 10 anos, por exemplo.

_____

_____

_____

_____

5) Você escolhe o final

O Capítulo 5 é especial, afinal de contas, não é sempre que os personagens de um livro recebem a visita da autora e, ainda, criticam seu trabalho! O que essa escritora tem de diferente dos outros

2 Velha infância

Distanciar-se de alguém, seja por uma mudança geográfica, como no livro, seja por destinos diferentes que as pessoas acabam escolhendo, também faz parte do crescimento e do amadurecimento de todos nós. A distância física às vezes é necessária para que possamos enxergar as diferenças que existem e até mesmo nos abrir para novas descobertas, como aconteceu com Luísa.

Você tem um amigo(a) de infância? Há quanto tempo vocês se conhecem? No decorrer dos anos vocês já se separaram por algum motivo ou se distanciaram em razão de perda de afinidade? Tente descrever nas linhas a seguir como foi essa experiência pessoal. Se isso não aconteceu com você, pergunte a seus pais ou amigos, afinal, todo mundo tem uma história para contar.

_____

_____

_____

_____

3 Se eu fosse você...

Luísa e André passam por uma situação delicada, pois são obrigados a se separar por causa de uma decisão tomada pelos pais de Luísa sem que ela fosse consultada a respeito. Na segunda vez em que se vê diante de uma importante decisão, Luís decide finalmente consultar toda a sua família antes de fazer sua escolha, mesmo que a decisão final acabe ficando nas mãos dele.

Você acha importante que as decisões profissionais de seus pais sejam comunicadas a você? Como funciona a hierarquia em sua casa? Quem toma as decisões? Você participa dessas decisões?

6. Rio que cruza a cidade de Paris de uma ponta a outra, dividindo-a em duas partes, que os franceses chamam de Rive Gauche e Rive Droite (lado direito e lado esquerdo do rio).

			E											
			U											
			R											
			O											
			P											
			A											

7) E por falar em língua...

Depois de falarmos sobre a língua francesa, que tal voltarmos à nossa bela língua portuguesa, que também nos reserva sempre boas surpresas? Este livro tem uma linguagem fácil de ser entendida por todos, o que torna sua leitura muito prazerosa. Mas será que você conhece todo o vocabulário da história? Um dos atrativos de uma leitura é justamente se aventurar por novas palavras. Tente encontrar, sozinho, o significado das palavras a seguir, baseando-se no contexto em que elas se encontram no livro e, depois, confira em um dicionário se existem outros significados para elas.

Demover (pág. 15): _____

Aparvalhado (pág. 83): _____

Agruras (pág. 22): _____

Providencial (pág. 40): _____

Repente (pág. 43): _____

Esmero (pág. 44): _____

Aparte (pág. 46): _____

Patrício (pág. 48): _____

Inebriante (pág. 51): _____

Maria da Glória Cardia de Castro

NEM PARA SEMPRE, NUNCA MAIS

Ilustrado por Thais Linhares

Editora do Brasil

Dados Internacionais de Catalogação na Publicação (CIP)
(Câmara Brasileira do Livro, SP, Brasil)

Castro, Maria da Glória Cardia de
  Nem para sempre, nem nunca mais / Maria da Glória Cardia de Castro ; ilustrado por Thais Linhares. – 2. ed. – São Paulo: Editora do Brasil, 2011. – (Coleção tempo de literatura)

  ISBN 978-85-10-05023-4

  1. Ficção – Literatura infantojuvenil I. Linhares, Thais. II. Título. III. Série.

11-04283   CDD-028.5

Índices para catálogo sistemático:
1. Ficção: Literatura infantil   028.5
2. Ficção: Literatura infantojuvenil   028.5

© Editora do Brasil S.A., 2011
Todos os direitos reservados
Texto © Maria da Glória Cardia de Castro
Ilustrações © Thais Linhares

Direção-geral Vicente Tortamano Avanso
Direção adjunta Maria Lucia Kerr Cavalcante de Queiroz

Direção editorial Cibele Mendes Curto Santos
Supervisão editorial Felipe Ramos Poletti
Supervisão de arte e editoração Adelaide Carolina Cerutti
Supervisão de controle de processos editoriais Marta Dias Portero
Supervisão de direitos autorais Marilisa Bertolone Mendes
Coordenação de revisão Fernando Mauro S. Pires

Assistência editorial Erika Alonso e Gilsandro Vieira Sales
Coordenação de arte Maria Aparecida Alves
Design gráfico Janaína Lima
Revisão Luciana Moreira
Controle de processos editoriais Leila P. Jungstedt e Carlos Nunes

2ª edição / 4ª impressão, 2020
Impresso na PlenaPrint

Editora do Brasil

Rua Conselheiro Nébias, 887
São Paulo, SP – CEP: 01203-001
Fone: +55 11 3226-0211
www.editoradobrasil.com.br

Respeite o direito autoral

À
Débora,
minha filha
e *autora* da
minha alegria de viver.

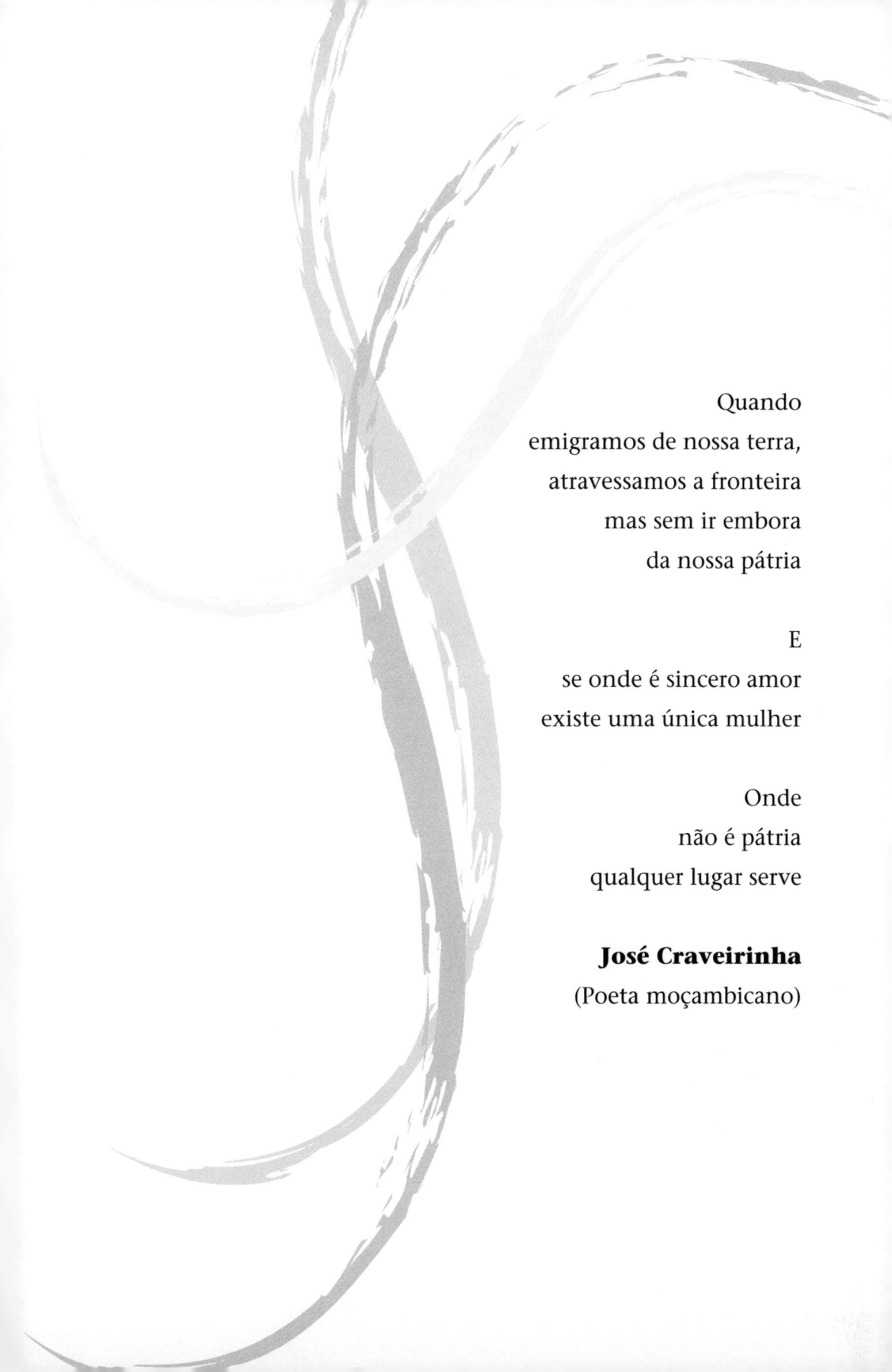

Quando
emigramos de nossa terra,
atravessamos a fronteira
mas sem ir embora
da nossa pátria

E
se onde é sincero amor
existe uma única mulher

Onde
não é pátria
qualquer lugar serve

José Craveirinha
(Poeta moçambicano)

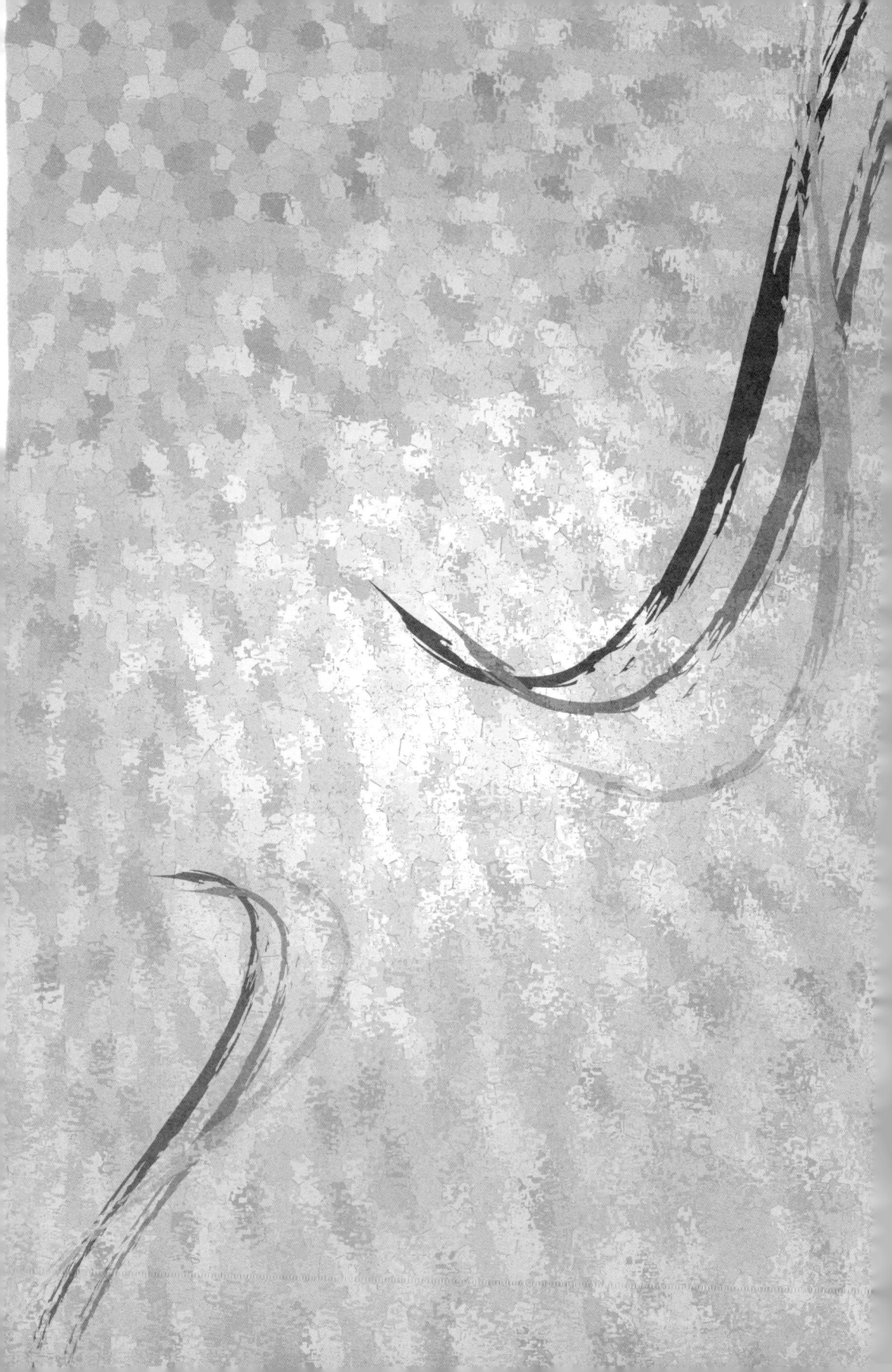

SUMÁRIO

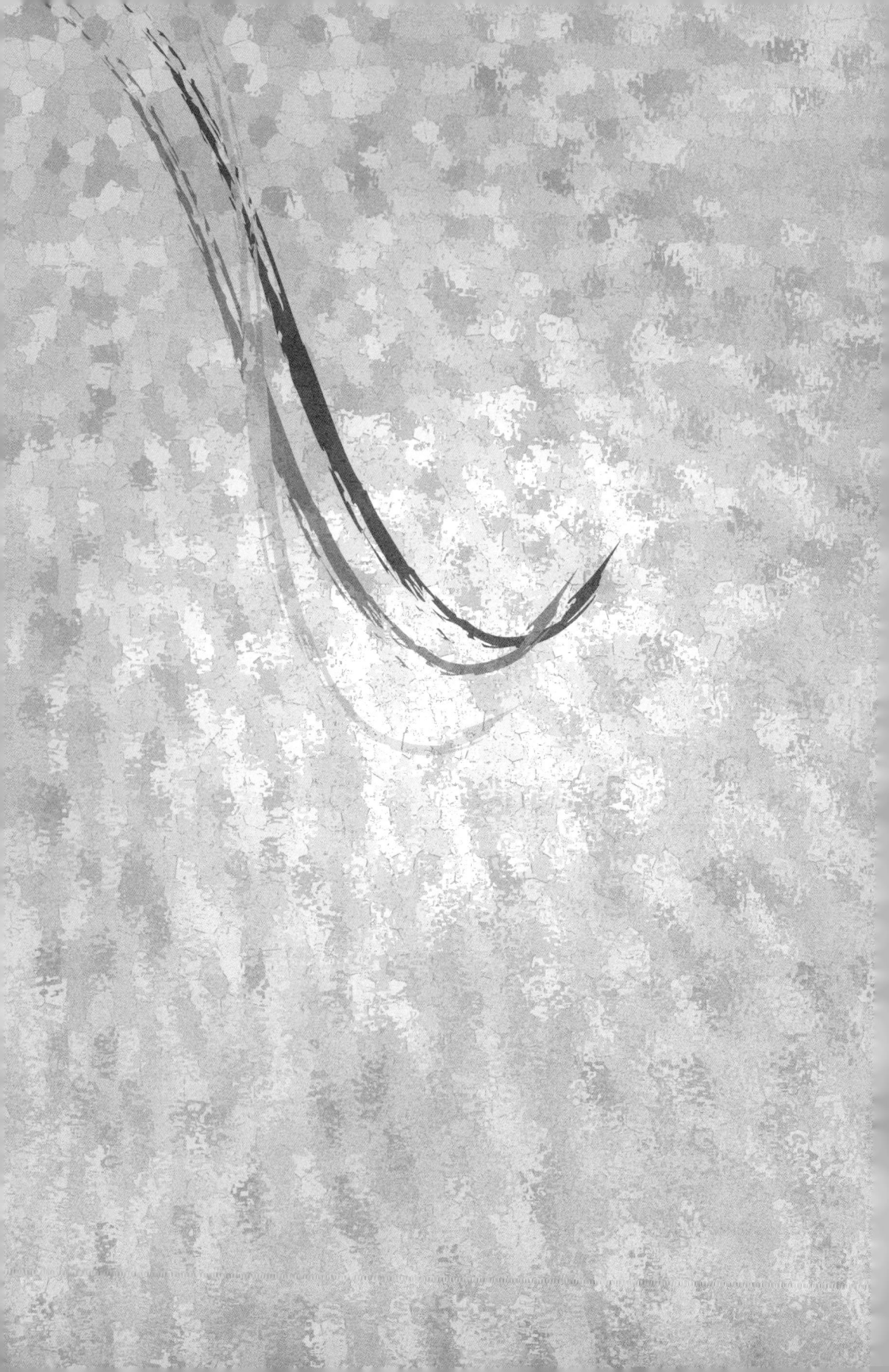

1. SOB O SOL DO GUARUJÁ

Luísa e André caminhavam descalços sobre a areia morna. Em silêncio. Ela, angustiada, buscava em vão palavras para dizer a André que em breve partiria. Nunca, desde crianças, separaram-se por período mais longo do que as férias escolares. Sempre na mesma escola, na mesma rua. Não davam um passo sem que o outro soubesse. André parecia adivinhar. Segurava a mão de Luísa com força, quase magoando-lhe os dedos.

Ela suspirava vez por outra, olhavam-se apaixonados, abraçavam-se e nada diziam. O sol se pondo tingia o horizonte, reflexo dourado sobre as águas. A praia estava quase deserta àquela hora. Novembro chuvoso e frio, o lindo domingo surpreendera os que tiveram coragem de descer a serra. Duas gaivotas voavam incansáveis, um voo lento e preguiçoso, em círculos, como se tentassem se alcançar, numa brincadeira monótona, sem fim.

– Vamos sentar um pouco? – propôs André, sentando-se em uma pequena pedra onde não caberiam os dois. Puxou a namorada, sentando-a sobre os joelhos. Cheirava seus cabelos, ainda úmidos, embaraçados pelo vento.

Um pressentimento estranho incomodava-o. O clima nervoso na casa de Luísa perturbara seu espírito naquela manhã. "Ainda não falou com ele, não é mesmo?", ouvira a mãe dela perguntar. Luísa respondera impaciente: "Não! Você não sugeriu que eu só falasse no Guarujá?" O que teria ela a lhe dizer de tão importante? Ao mesmo tempo, temia fazer perguntas e precipitar as coisas. O convite para o fim de semana na praia, em plena época de provas, a troca de olhares dos pais dela e de seus próprios pais, antes da viagem, enchiam seu coração de temor e de certeza de que alguma coisa grave estava por acontecer. A pressão dentro dele foi subindo, subindo, até não aguentar mais. Tudo, de repente, começou a incomodá-lo. Até Luísa sobre seus joelhos, naquele silêncio covarde. Levantou-se bruscamente, deixando-a cair de quatro na areia. Assustada, ela se ergueu sozinha.

– O que aconteceu, André? – perguntou espantada. Ele parado, diante dela, desafiador.

As coisas pareciam difíceis. Seria talvez mais fácil arrancar o que Luísa tinha pra lhe dizer, no tranco.

– Eu é que pergunto! O que tá acontecendo com você? Há dias olha pra mim como se eu estivesse condenado à morte! Desde ontem, quando saímos de São Paulo, suspira o tempo todo, me olha com o rabo do olho, mal responde às minhas perguntas!

Luísa, dócil demais e insuportavelmente submissa naqueles últimos dias, enfureceu-se.

– É que tô indo pra Paris, seu grosseiro! Meu pai foi transferido pra lá e embarcamos dentro de oito dias, seu estúpido!

Agora André empalidecia. Aproximou-se de Luísa, que explodia em lágrimas, e levantou seu rosto:

– O que você tá dizendo? – perguntou-lhe incrédulo.

– Vou embora, André – dizia Luísa em prantos. – Vou morar em Paris.

– Seu pai enlouqueceu! – murmurou ele. – Não podem fazer isso com a gente!

– Entendeu por que eu não conseguia falar? Há uma semana tentava dizer e não conseguia.

– Isso não é possível! Por quanto tempo? Não acredito! Vamos fazer alguma coisa, Luísa! – falava desesperado, abraçando-a.

Os dois choravam. Eram duas crianças desoladas. Ganharam a calçada. Algumas pessoas pararam penalizadas diante da cena comovente. Outras divertiam-se ou preocupavam-se.

Os dois pouco se importavam com a curiosidade e as suposições dos que testemunhavam aquele momento. Só tomaram o caminho de casa depois de terem chorado tudo o que tinham para chorar.

Lúcia e Luís os esperavam à entrada do prédio. A fisionomia dos jovens revelava a conversa que tinham tido. Luís pôs a mão sobre o ombro de André:

– Lamento, mas… temos que ir. Vocês são muito jovens ainda, e é até bom afastarem-se um pouco.

– Bom pra quem? – perguntou Luísa, a quem o pai dissera as mesmas palavras havia alguns dias.

– Coragem, crianças! – disse Lúcia aproximando-se da filha. – Afinal não é pra vida toda. Três ou quatro anos passam depressa. Viremos nas férias… Pelo menos pretendemos.

– Três ou quatro anos! – assustou-se André. – Passam depressa?! – Ninguém ousou responder.

Tomaram o elevador em silêncio. No apartamento, André foi direto para o quarto que ocupava e ali chorou a impotência de seus dezesseis anos.

Luísa, por sua vez, também trancou-se em seu quarto. Sabia que nada restava a fazer senão acompanhar seus pais. Tudo estava decidido. Ninguém consultou seu coração de quinze anos, jovem demais para ser levado a sério. Bastante adulto para enfrentar a separação do "homem da minha vida", como dizia às suas amigas.

Os pais de Luísa tentavam puxar conversa no caminho de volta para São Paulo. Os dois nem sequer respondiam. Cada qual curtindo sua dor numa janela do carro, sem se tocarem, subitamente enraivecidos por serem tão jovens e nada poderem contra aquela decisão repentina – mudança de país, assim, como se fossem só mudar de bairro, ou mesmo de cidade.

Ao pararem diante da casa de André, este pegou sua mochila e, sem se despedir de Luísa, contornou o carro, parando ao lado de Luís, que descera para acompanhá-lo.

– Não precisa me acompanhar, seu Luís! Eu só queria entender por que acharam que seria mais fácil, pra nós, Luísa falar sobre isso no Guarujá? – disse, afastando-se, indignado, sem olhar para trás, sem esperar resposta.

Luís, atônito, entrou no carro. Sua filha soluçava.

– Você achou mais fácil no Guarujá, Lúcia? – perguntou, estupefato, à mulher.

– Bem, eu sei lá! Pareceu interessante deixá-los passar juntos o último fim de semana.

Luísa finalmente manifestou-se, cheia de raiva:

– O André tem razão! Que coisa mais besta! Até parece que a dor no Guarujá é menor do que aqui. Parecia aqueles filmes idiotas de Hollywood: o sol se pondo no horizonte, as gaivotas voando, e nós dois como dois tontos, chorando na praia...

Lúcia, antes que começasse uma discussão calorosa, tentou dividir a responsabilidade:

– Não tenho culpa, minha filha, se a autora exagerou. O sol dourado, a praia quase deserta e as gaivotas entraram na história por conta exclusiva dela. Vai ver que estava sem inspiração pra compor um cenário mais original.

Luís, irritado com a mania da mulher de não assumir o próprio romantismo, cantou os pneus, arrancando o carro em marcha a ré, pois moravam apenas algumas casas para trás.

2. O BOTA-FORA DO SÉCULO

A semana transcorreu agitada e confusa. Eram muitas as providências a serem tomadas. Lúcia cismara em despachar de navio alguns "aparelhos práticos", como se estivessem indo morar em algum país primitivo, onde não se encontram eletrodomésticos de espécie alguma. Junto com eles, toda a roupa, mesmo as que não usavam mais.

– Acho exagero levar tudo isso! – dizia Luís, sabendo que nada demoveria a mulher da costumeira obstinação.

Luísa terminava as provas na escola. Chegaria atrasada para o ano letivo na França, já iniciado em setembro. Além do problema da língua. Seu francês mal dava para não passar fome.

Tentara inúmeras vezes aproximar-se de André, que, sem disfarçar, fugia dela como o diabo foge da cruz.

– Sabe que não escolhi este destino! – disse ao namorado quando ele, distraído, parou para olhar o tempo à saída da escola.

– Por que não brigou pra ficar com sua avó? – perguntou ele, revoltado.

– Você sabe que meu pai não deixaria.

Os dois se olharam agressivos. E assim ficaram, olhando-se, os rostos pouco a pouco suavizando, os olhos de repente brilhando de amor até o abraço apertado, quase sufocando.

– Você vai ao aeroporto? – perguntou ela, meiga.

– Acho que não vou ter coragem... prefiro esperá-la na volta – dizia André, alisando seus cabelos longos, negros, lindos.

O grande dia aproximava-se, implacável. Os pais de Lúcia vieram para a casa dela. Ficariam cuidando de tudo enquanto a família estivesse no exterior. A irmã mais velha de Lúcia, com o marido, faria o mesmo na casa dos pais dela, para que as coisas não mofassem na ausência dos donos. Assim, alguns membros da família foram mobilizados, numa inacreditável cadeia de solidariedade, orgulhosos dos familiares que partiam para Paris, cidade dos perfumes mágicos. Uns substituindo outros nas respectivas casas, até chegar à tia solteira de Luísa, irmã caçula de Lúcia, que alugaria seu apartamento durante esse tempo para engrossar o próprio salário, já que cuidaria da casa da irmã mais velha.

O aeroporto fervilhava na ala internacional. Curiosos aproximavam--se para saber que celebridade embarcava naquele momento.

Luísa abraçava o namorado pela cintura, a cabeça recostada em seu peito todo molhado de suas lágrimas:

– Você me esquecerá! – reclamava André, aflito.

– Nunca! Nunca! Nunca! – repetia Luísa, incansável.

A classe toda de Luísa, mais de trinta jovens, gritava "é pique" a intervalos regulares. A família inteira de Luís e toda a família de Lúcia, ambas numerosas, cercavam o trio que partia. A segurança do aeroporto precisou intervir mais de uma vez para que passageiros mais discretos e modestos conseguissem atravessar o saguão.

Lúcia ria nervosa e falava alto. Com uma das mãos segurava um pequeno chapéu, inspirado num filme dos anos 1960, que mandara confeccionar em tempo recorde, especialmente para a viagem.

Luís estava encabulado. Os colegas de trabalho gozavam de seu precário francês, e ele sentia vergonha daquele estardalhaço todo. Nem de longe sonhara com um bota-fora daquela envergadura. Era um puro, incorrigível. Competente e honesto, não participava nunca de negócios escusos. Provavelmente por isso mandavam-no para bem longe. Só que ir para Paris estava longe de ser um castigo, e exatamente por isso muitos, em seu trabalho, invejavam sua sorte.

Finalmente a chamada dos passageiros pelos alto-falantes. Um atropelo incrível. Parentes, amigos, todos querendo ser lembrados na cidade da Torre Eiffel, entregavam flores compradas ali mesmo no aeroporto, lembrancinhas brasileiras para que eles não esquecessem a pátria amada. Beijos, abraços, lágrimas, mil recomendações. Luísa e André não se desgrudavam. Lúcia pegou o chapéu, que, na confusão, a atrapalhava, e o entregou à irmã caçula:

– Fica pra você! – disse, deixando a irmã de boca aberta diante daquele objeto tão fora de moda, e indo até Luísa. Quase precisou arrancá-la à força dos braços de André. Os dois choravam:

– Não me esqueça! Não me esqueça! – gritava ele.

– Jamais! Jamais! – respondia Luísa, em prantos.

– Ja-méé! – corrigiu Lúcia, que nos últimos dias não perdia oportunidade de falar francês.

E lá foram os três, recolhendo das muitas mãos que se estendiam buquês, pacotes, pacotinhos e pacotões. Entraram no avião como se chegassem das compras de fim de ano. Excitados, Luísa soluçando, buscaram seus assentos. A aeromoça pedia com insistência que apertassem os cintos. Só depois de acomodarem aquele monte de coisas nos porta-bagagens, sob os bancos e sob os pés, é que eles próprios se acomodaram. Lúcia, num gesto de grande generosidade, ofereceu à aeromoça, prestes a perder a linha, o buquê que sobrara em suas mãos, por absoluta falta de espaço nos bagageiros.

Enfim, a viagem prometia.

Eu, particularmente, faço questão de manter-me fora desse voo. Recuso-me, por exemplo, a descrever a reação de Lúcia caso o avião passe por alguma turbulência, ou caia naqueles imprevisíveis vácuos. Assim, pego outro avião, mesmo porque quero estar lá quando desembarcarem.

3. OS PRIMEIROS CHOQUES DE "CIVILIZAÇÕES"

Não tendo conseguido passagens em voo direto, seguiram por uma companhia aérea inglesa, o que os obrigaria a pernoitar em Londres e só seguir para Paris na manhã seguinte.

Muitas horas de voo depois, surgiram os três no grande salão da alfândega, despejando pacotes e flores diante de dois policiais assustadoramente ingleses.

Luísa trazia os olhos inchados de tanto chorar. Enquanto Luís desembaraçava as bagagens, Lúcia falava em português com os policiais. Eles sorriam em inglês, e, na língua lá deles, respondiam só Deus sabe o quê!

Foi Luísa que, mais tarde, conseguiu entender que, ali mesmo, deveriam tomar o trem que os levaria ao centro de Londres.

Esbaforidos, chegaram ao luxuoso hotel maldosamente recomendado, por pura vingança, por um despeitado colega de Luís, inconformado de perder para ele a vaga em Paris. Luís aceitara sair do país sem pensar muito, pressionado pela mulher que imaginava Paris com um mundo de lojinhas espalhadas pelas avenidas, oferecendo perfume a granel, por preço insignificante.

Antes de subir aos aposentos, mortos de fome, lançando mão de toda mímica a que tinham direito, pediram que lhes servissem um lanche no apartamento e que os acordassem às seis horas, pois o avião rumo a Paris sairia às oito.

Depois de delicioso banho, comeram o parco sanduíche de pão mais ou menos macio, com rala fatia de queijo, e tomaram o chá dos deuses, tudo por cem dólares, desmaiando em seguida nos colchões de pena do hotel que tinha nome real.

Por sorte, esqueceram-se de fechar a veneziana antes de dormir. A luz do dia sobressaltou Luís. Seu relógio marcava seis horas. Impossível! Às seis horas da manhã não haveria aquela claridade toda, muito menos em Londres no final do outono, quando os dias já demoram a clarear.

– *Nine o'clock*! – respondeu ao telefone o impiedoso recepcionista do hotel.

Vestiram-se os três apressadamente, à espera de algum milagre. Juntaram as bagagens espalhadas pelo apartamento, desceram para reclamar. Mas de que jeito?

Luísa, embora abatida, estava mais calma. Tentou saber o que aconteceu e o que fariam, já que o avião estava perdido. Enquanto isso, seu pai olhava a fatura do hotel e pensava no colega: "Aquele canalha sabia!", repetia para si mesmo, enchendo o balcão de dólares e mais dólares. Lúcia tentava acompanhar a crise do marido e o sufoco da filha para entender inglês. Finalmente os olhos de Luísa brilharam:

– Bem, vamos pro aeroporto tentar conseguir lugar nos próximos voos. Há uma espécie de ponte aérea entre Londres e Paris.

Ao chegarem ao aeroporto:

– As flores, os pacotes?! – assustou-se Lúcia, ao constatar que só carregavam as bagagens normais. – A gente nem abriu os presentes! – insistiu.

– PRO DIABO! – irritou-se Luís, ansioso para sair daquela cidade que, em uma noite, havia lhe consumido boa parte do dinheiro adiantado pela empresa para as primeiras despesas em Paris.

Lúcia calou-se. Com certeza deixaram tudo no hotel, ou no táxi.

Conseguiram lugar no voo das treze horas. Aproveitaram para acertar o relógio, antes que o fuso horário lhes causasse mais transtornos.

Ficaram por ali, olhando vitrines. Lúcia, apesar de grande consumista, não ousou interessar-se por coisa alguma. Olhava os preços como quem não quer nada, tentando mentalmente converter a moeda. Gemia quando conseguia completar os cálculos e constatava com quantos reais compraria uma besteirinha inglesa. "Na França a moeda é outra! Com certeza tudo será mais barato!", tentava consolar-se lembrando da aula de conversão de moedas que um impaciente funcionário do setor de câmbio lhe dera no Banco do Brasil.

Luísa suspirava de tempos em tempos. Escreveria para André durante o próximo voo e mandaria a carta do próprio aeroporto.

Luís estava decididamente mudo. Se continuasse desembolsando naquele ritmo, em poucos dias estaria capenga dos bolsos.

A fome apertou. No hotel, em estado de choque, haviam recusado o café da manhã. Decidiram, então, tomar um lanche. Ah! Mas desta vez perguntariam o preço antes. Almoçariam em Paris.

Acomodaram-se numa pequena mesa de uma lanchonete bastante movimentada. Luísa, que gosta de tudo melado, escandalizou os ingleses à sua volta colocando onze torrões daquele açúcar que não adoça em sua xícara de leite. Inglês que se preze resolve o assunto com uma pedrinha só!

Chegaram em cima da hora ao local de embarque, já que não entendiam nada do que anunciavam os alto-falantes.

No avião, Luísa pôs-se a escrever. Contava a André as agruras da primeira noite em Londres e os transtornos daquela manhã. Falou da esperança de em breve instalar-se em Paris, da saudade, do sofrimento, etecétera, etecétera.

Lúcia, olhos cerrados, parecia estar encomendando a alma no último voo. Não se movia, tão concentrada estava nos ruídos dos motores do avião.

No aeroporto de Paris, Luís teve o cuidado de cancelar a reserva do hotel, também recomendado pelo colega no Brasil. Ali mesmo, num francês sofrível, fizeram-se adivinhar pela jovem do serviço de turismo, conseguindo dois quartos sem banheiro – usariam o coletivo mesmo – em pequeno hotel do Quartier Latin, famoso bairro daquela cidade, a preço razoável.

Para lá foram, mortos de cansaço e fome. Aquele bolo de notas de euros, trocadas no aeroporto, haveria de bastar por uma semana!

À porta do hotel, o taxímetro marcava o valor exorbitante da corrida. A motorista, senhora de idade aparentemente avançada, pelo menos do ponto de vista brasileiro, em que, naquela idade só teria direito a tricotar, comoveu Luís. Pagou sem protestar, nem sequer com os olhos, àquela idosa batalhadora... Mas qual não foi sua surpresa quando ela desceu do carro, despejando insultos em francês, aos gritos, acompanhados de gestos compreensíveis em todas as línguas. Gente parando à volta e rindo! Que eram insultos, nenhum dos três tinha dúvida. Aqui e ali, uma palavra ou outra, um deles sempre conseguia entender.

A seguir, escancarou o porta-malas, gritando: "Cai fora! Cai fora!" em francês, claro. E não precisavam entender a língua para saber que o melhor era agilizar a liberação do táxi.

O recepcionista do hotel, à porta, ria da cena sem imaginar que os três passageiros humilhados estariam, a seguir, diante dele. E, claro, quiseram saber a causa daquele espetáculo até então inédito para eles. Levaram uma boa meia hora para entender que lá não se paga preço exato de taxímetro, acrescentando-se de dez a vinte por cento de gorjeta, se se quiser evitar vexame.

4. INÍCIO DIFÍCIL

Entre a decisão de ir e a ida, o tempo foi muito curto. A documentação para residirem em Paris seguia os trâmites indispensáveis, embora a empresa que enviara Luís tivesse ligação com o governo brasileiro e gozasse de certo prestígio.

Mas é bom lembrar que burocracia vem da palavra francesa *bureaucratie*; portanto, eles foram parar exatamente no lugar onde ela foi inventada. Assim é que, naquele momento, eram simples turistas. Sem direito, oficialmente, a trabalhar, a morar e a estudar.

Luísa, na história, era a mais prejudicada. Precisava matricular--se na escola com urgência, pois já perdera mais de dois preciosos meses de aulas francesas – cujo ano letivo vai de setembro a junho do ano seguinte. E ainda tinha de aprender a língua para poder acompanhar os estudos. Poderia até ser matriculada em escola particular, sob condição de apresentar documentação regularizada num futuro próximo. Mas só faria isso quando resolvessem o problema de alojamento definitivo.

Por sorte, Luís trabalhava em empresa brasileira. E se brasileiro dá jeitinho aqui, pode dar uma ajeitada acolá. A empresa alugaria um apartamento, provisoriamente, assim que a família o encontrasse. Como moradia não fazia parte do contrato de trabalho, Luís deveria conseguir aluguel acessível ao seu bolso.

E, enquanto ele assumia o novo posto, que nem era grande coisa, mãe e filha saíam alucinadas em busca da nova moradia. Antes, porém, tiveram todos de se equipar com pesados agasalhos locais para enfrentar o inverno parisiense.

Lúcia, é claro, começou buscando apartamentos que equivalessem à sua casa em São Paulo. Uma semana depois, pernas latejando de descer e subir escadarias do metrô, Luísa soltando faíscas pelos olhos, reduziu sua pretensão à metade para, finalmente, concordar em alugar um apartamento no térreo, dois quartos e sala, mobiliado com o estritamente necessário, em condomínio de vários prédios, um pouco afastado de Paris. E pelo preço que alugaria, em São Paulo, um excelente apartamento de, no mínimo, quatro dormitórios, com suíte e piscina.

Esquecida da fragrância dos perfumes franceses, Lúcia, exausta, não se perdoava por ter insistido tanto para Luís aceitar aquela proposta maluca, que de vantagem mesmo só oferecia o charme de ela poder dizer que vivia em Paris.

Luísa ajeitou seu quarto e saiu com a mãe em busca de escola nas proximidades. Dava-se conta de que naqueles poucos dias melhorara razoavelmente seu francês. Depois de muito perguntar e afinal entender, localizou uma escola, não tão próxima de sua casa, mas de fácil acesso. Nela foi matriculada com todas as honras de imigrante brasileira, isto é, da terra do café, do carnaval, do Pelé e das favelas. É assim que conhecem o Brasil lá fora, porque ignorantes existem em toda parte.

Empregada doméstica, em Paris, é praticamente impossível. Faxineira cobra por hora e ganha num dia o que doméstica brasileira ganha em, pelo menos, trinta.

– Questão fora de questão! – disse Luís a Lúcia, logo de cara.

– Eu vou ter que lavar, passar, cozinhar, varrer, tirar pó?!? – assustou-se ela.

– E ir ao supermercado, açougue e padaria – completou ele, sem o mais remoto sinal de remorso. – Eu avisei que a coisa não seria fácil. Você quis pagar pra ver.

O preço das aulas particulares de francês era também proibitivo. Decidiram que só Luísa as tomaria, e por pouco tempo. Eles aprenderiam na raça, no dia a dia, apanhando, de graça!

– Eu quero voltar pra casa, Luís! – murmurou Lúcia, depois de quinze dias, em prantos.

– Tá maluca! O meu lugar lá já foi ocupado por outro! Agora temos que aguentar até o fim. Eu dizia a você que o dobro do salário seria

pouco pra Paris... mas não adiantava. Tinha encasquetado que morar aqui seria um charme! Agora aperte o cinto que estamos em plena turbulência, põe charme nela!

Luís e Luísa saíam juntos bem cedo. Ela deixava a escola às quatro da tarde, um sufoco para quem estava acostumada a cinco horas de aulas por dia, quando muito. Mais aulas de francês e estudos até o pescoço. Sangrava para acompanhar o curso e tentar conseguir algum resultado.

– Tem horas que tenho vontade de matar vocês dois! – dizia, revoltada. – Quero ver como vou me safar desta!

Luís também debatia-se para acompanhar no trabalho as regras do jogo francês.

Chegavam à noite, ambos exaustos, e encontravam o bife duro, o arroz malcozido, as roupas malpassadas. Lúcia com ares de quem estava no meio de longo calvário.

Mas o instinto de sobrevivência leva-nos a descobrir recursos interiores extraordinários. É só precisar, eles vêm à tona.

Quase dois meses mais tarde, de tanto apanhar para aprender, Luísa falava um francês bastante aceitável. Luís se virava e se fazia entender.

Lúcia, de posse de várias palavras, arranhava em francês e conseguia as informações que queria. Só não conjugava os verbos. Falava como índio: "Eu precisar lavanderia", "Eu querer purê batata de pó". E lá ia ela descobrindo que, se francesas sobrevivem à falta de certas facilidades de um país em desenvolvimento, ela também sobreviveria.

Descobriu as lavanderias automáticas, onde lavava e secava roupas mais graúdas. Enquanto esperava, puxava conversa com uma ou outra francesa mais simpática, que, achando divertida sua linguagem telegráfica, dava-lhe algumas informações para facilitar a jornada. Pouco a pouco ela foi racionalizando e reduzindo algumas horas de trabalho, até sobrar-lhe umas horinhas para fazer coisas mais úteis, tais como conhecer lojas e *shoppings*, mesmo sem comprar nada, o que lhe custava muito. Morrendo de frio, só para se distrair.

Luísa progredia nos estudos, a duras penas. Já entendia quase tudo o que os professores falavam. Não ficava mais tão isolada na escola. Conversava com uma ou duas colegas no intervalo e no almoço, na cantina, sem grandes intimidades e sem nunca ser convidada para nada. Só folgava às tardes de quinta-feira. Queria aproveitá-las da melhor maneira.

– A gente podia visitar um museu a cada quinta-feira! – propôs, entusiasmada, à sua mãe. – Começaríamos pelo Louvre, depois Rodin, depois...

– Poderíamos ir ao cinema, tomar café no Quartier Latin, fazer compras... Mas vamos esperar chegar a primavera, tá? Com esse frio todo e os dias que começam a clarear às oito e já estão escuros às quatro da tarde, esqueça!

Janeiro terminava. Mais uns dois meses e o clima estaria mais ameno.

Foi justamente numa quinta-feira, as duas em casa, um frio cortante lá fora, que Luís chegou mais cedo, radiante:

– Venham ver! Surpresa pras minhas meninas! – chamou-as da porta, e foi saindo do condomínio.

Sem muito entusiasmo, elas vestiram casaco e capuz, enrolaram-se no cachecol, calçaram luvas, botas, e se arrastaram até lá fora. Arregalaram quatro olhos de espanto ao ver Luís dentro de um fusquinha, rindo como menino que acabasse de ganhar um brinquedo cobiçado.

– Então? – dizia ele, à espera do entusiasmo delas. – Comprei pra nós. Já podemos rodar por aí nos fins de semana!

Luísa foi a primeira a reagir:

– Legal, pai! Legal! Podemos ir pra Chartres, pra Versailles, super--legal. Legalíssimo!

Ela estava de fato contente. Puxou o banco da frente e instalou-se lá atrás. Lúcia, passado o susto, conseguiu murmurar:

– Um fusquinha usado, Luís?

– Qual é o problema? É melhor do que nada. Foi o que deu pra comprar!

– … É que fico pensando no nosso carro importado lá em São Paulo…

– Isso é lá, minha cara! Aqui, só o seguro custou uma vez e meia o preço que paguei pelo carro! Aliás, nosso ex-carro importado, porque já dei ordem pro Joel vendê-lo e me mandar o dinheiro.

– É? – foi o que Lúcia conseguiu pronunciar, antes do sorriso amarelo.

– Ponha uma coisa na sua cabeça, Lúcia, de uma vez por todas: AQUI É AQUI E LÁ É LÁ!

Diante dessa realidade mais ou menos óbvia, dita com tanta firmeza pelo marido, Lúcia encheu seu coração de coragem e entrou no fusquinha usado, ao lado dele. Saíram os três para dar uma volta pelas ruas de Boulogne, distrito em que moravam.

5. UMA CONVERSA DE MULHER PARA MULHER

Até aí, tudo bem. Aos poucos, conformavam-se e se adaptavam à nova vida. Pelo menos era o que eu pensava.

Numa noite silenciosa, porém, a neve caindo lá fora, Luísa, que já participara duas ou três vezes da euforia de vê-la forrar a cidade com seu manto branco, olhava pela janela de seu quarto os flocos acumularem-se sobre os galhos das árvores.

De repente, como uma faísca elétrica, a fúria de seu pensamento: "Se essa imbecil não me der notícias rapidinho do André, saio deste livro com a mesma vontade com que entrei!"

Ora, eu não podia deixar barato! Era o momento exato de intervir na história. Ou não era? O fato é que nem lembro bem por onde entrei.

– Então, Luísa, por acaso a "imbecil" a que se refere sou eu? – perguntei, sem rodeios.

– Claro! – respondeu ela, sem sinal de medo ou susto pela minha súbita presença. – Acha justo pôr-me naquele sofrimento nos primeiros capítulos e há não sei quantas páginas nem sequer tocar no assunto? E o André, como está ele, senhora autora?

Sinceramente! Esse jeito petulante de Luísa às vezes me irrita! Mas não me convinha criar um caso irreversível a esta altura, e logo com a personagem principal.

– Eu? Personagem principal? Onde? Quando? – captara meu pensamento. – Até agora, fui tratada como qualquer outro nesta história! Com a mesma desumanidade! – concluiu.

– E você acha que só a mocinha tem direito a ser heroína? E o pai? E a mãe? Não estão eles, nesta história, passando por séria crise de adaptação?

– Sabe que esse seu jeito de reduzir o complicado ao simples e o profundo ao superficial me irrita?! – interrompeu-me ela, impaciente.

A abordagem não seria fácil, como já devem ter notado.

– Bem, Luísa, então vamos tratar do André. Ele foi seu primeiro amor, não foi?

– Foi, não! Ele é! Pensa que o esqueci só porque não falou mais nele?

– Mas você sabe que é difícil o primeiro amor ser para sempre, não sabe?

– Nem tudo o que é difícil é impossível! O que você pretende, afinal? Que eu não o encontre nunca mais?

– "Nem para sempre, nem nunca mais!"… Veja, se você namora na adolescência o mesmo namoradinho da infância e, quando adulta, o mesmo namoradinho da adolescência, acaba por casar-se. Vêm os filhos, as responsabilidades… E o que faço com os projetos todos que tenho pra você?

– E eu tô lá preocupada com isso, dona autora?

– Não me chame de "dona autora"! Diga "autora", apenas. É que tenho bons projetos pra você...

– Ah! Claro! Me fez chegar com quase três meses de atraso no curso, falar francês em menos de dois meses e, ainda, entender quase tudo o que os professores falam. Será que não mereço um pouco de fragilidade? Vou ter que ser perfeita? E o André, cadê?

– Calma! Uma coisa por vez! Será que toda adolescente é obrigada a ser problemática? Não existe pelo menos uma que atravesse a adolescência sem crises? Se não existir, não posso inventá-la?

– Essa não! – gritou ela furiosa.

– Voltemos ao André. Foi por isso que entrei aqui. O que você acha se, nos próximos capítulos, vocês dois descobrirem que amor, amor pra valer, é outra coisa?

– Como assim? – Luísa arregalou seu lindo par de olhos cor de mel.

– Ora, de repente descobrem que estão em outra...

– Ah, não! Tá ficando maluca?! Pensa que não vi você, hoje, tentando passar a chave de casa na catraca do metrô, pensando que era o *bilhete*?

– Excesso de preocupação, Luísa. Acha que não me preocupo com você, André, seus pais e o final da história?

– Acho ótimo! E por falar em final, não pense que vai fazer comigo o que andou fazendo com algumas de suas personagens. Eu quero um final certinho.

– Tudo resolvidinho no último capítulo? Como na novela das seis, das sete, ou das oito?

– Tanto faz! Desde que seja certinho.

– Como, por exemplo?

– Hum... Como, por exemplo, eu chegando no Brasil, lindíssima, o André me esperando na porta da casa dele... – seus olhos brilhavam, imaginando a cena. – Eu desço do carro e o vejo... ele me vê... E nós dois corremos e nos encontramos, num forte e emocionado abraço. Que tal?

– Horrível! Não espere isso de mim! E eu nem sei se até lá o André vai ser assim tão importante pra você.

Luísa, vermelha de raiva, explodiu, apontando o dedo para mim, ameaçadora:

– Olhe, autora! Você deixou meu pai aceitar uma proposta doida. Pôs nas mãos dele um fusquinha quase detonado. Fez a gasolina do carro congelar quando íamos pra Versailles, no nosso primeiro passeio. Faz minha mãe falar francês que nem índio. Sugere mudar o tipo de amor entre mim e o André... Pois bem! Se esta história aqui não acabar bem, você nunca mais na vida vai conseguir me usar, tá legal?

Esse discurso indignado deixou-me, por instantes, cheia de culpa. Não posso perder, de jeito nenhum, essa personagem para sempre. Mesmo porque eu nem sabia que ela era tão boa! Já pensaram na sua força de argumentação quando adulta? Acalmei meu espírito e, de repente, vi uma luz no fim do túnel.

– Luísa, querida! E se eu voltar mais pra frente e discutirmos juntas o final do livro? – arrisquei.

– É melhor, mesmo! – concordou. – Mas só volte no final. Esse negócio de ficar entrando toda hora enche!

– Você sabe que não posso ficar mudando sem mais nem menos o curso da história! Tudo tem sua razão de ser. Seu pai, por exemplo, não aguentava mais aquela corrupção toda na empresa, à volta dele. E a empresa não aguentava mais o jeitão moralizador dele. Era pegar ou largar! Sua mãe, que costuma passar por cima de tudo como se nada existisse, não poderia aprender a conjugar verbos franceses mesmo.

E você... você está se saindo muito bem porque pode! Ainda vai provar, naquela escola, que o Brasil não é país de macacos e que se o nosso ensino é menos cuidado do que o deles, também não é o que eles pensam!

– Ah! Essa vou pagar pra ver!

– Tá! Vou resolver a questão do André. Você vai começar a visitar museus, a aproveitar Paris, a viajar... Espere lá! Que história é essa da gasolina que congelou no carro? Ainda não escrevi esse capítulo! E gasolina não congela!

– É que não durmo de botina, e a senhora é capaz de tudo! Domingo vamos pra Versailles, finalmente, e antes que você apronte...

– Você me assusta, sabe? Diga lá o que quer ser quando for... um pouco mais crescida.

– ESCRITORA! – bombardeou, cheia de sadismo. – Só pra pôr você no banco das personagens!

O melhor era encerrar o assunto. Faria algumas concessões, certo, mas não me deixaria intimidar por aquela menina de nariz empinado. Não interceptaria mais as cartas dela e do André e poderiam até trocar e-mails se quisessem. Ela que descobrisse, por si própria, o bem que fiz aos dois mandando-a para o outro lado do planeta. Além do quê, quem sou eu pra mudar o destino das pessoas?

6. A CARTA

No dia seguinte, Luísa acordou meio atordoada, sem ter certeza de que nossa conversa fora real ou apenas um sonho, ou um pesadelo. No entanto, provou estar atenta no café da manhã, quando disse ao pai:

– Não se esqueça de pôr uma espécie de aditivo pra evitar o congelamento da gasolina no carro, pai. Domingo vamos pra Versailles, não é?

– Se o fusquinha aguentar a distância, claro... – ironizou Lúcia.

– Esse seu preconceito contra o fusquinha não me aborrece. Gasolina não congela, filha. E você, Lúcia, vai ter que adaptar suas noções de distância, porque a França inteira é mais ou menos do tamanho de Minas Gerais!... No Brasil caberiam umas dezesseis Franças!

– Pombas! – reagiu Lúcia, perplexa diante da própria ignorância.

Depois do advento do carro, Luís passou a levar Luísa à escola, pela manhã. Deixava-o, em seguida, nas proximidades do metrô, pegando-o na volta do trabalho.

Era quinta-feira; logo, tarde de folga de Luísa. Ela decidira, na caminhada de volta da escola, que aquela tarde visitaria o Louvre. Em casa encontrou, preso à porta da geladeira, um bilhete de sua mãe:

"Luísa. Esquente seu almoço. Criei coragem e vou, apesar da neve, ver preços de eletrodomésticos, já que o navio que trazia os nossos deve ter afundado. Beijinhos da mamãe."

Luísa almoçou e, no lugar do bilhete da mãe, colocou seu próprio bilhete:

"Mãe. Fui ao museu do Louvre, já que estou em Paris. Volto pro jantar. Beijinhos, Luísa."

Desceu do metrô. Atravessou o jardim de Tuileries, coberto pela neve que caíra a noite toda. Um prazer imenso, o de caminhar sobre aquela fofura. Vez por outra pegava um montinho, fazia uma bolinha e atirava à frente. Parou, encantada, para admirar algumas das muitas esculturas espalhadas pelo imenso jardim.

Com isso atrasou sua programação e chegou ao museu uma hora antes de ele fechar. Teria de apressar-se se quisesse ver alguma coisa. Saiu, então, procurando a *Mona Lisa*, de Leonardo da Vinci, única obra dali de que já ouvira falar.

Era, sem dúvida, o quadro que todos queriam ver. Uma fila respeitável separava-a da obra. Decidiu que não voltaria para casa sem tê-la visto.

Só meia hora mais tarde chegou sua vez. Encantada! Mas de longe. Pesados "festões" e dois guardas não permitiam que o público se aproximasse da obra . "Atravessar o oceano pra ver a *Mona Lisa* desse jeito! Só de longe! E por segundos!" – pensava, enquanto percorria outro salão, interessada. "Vou ter que voltar muitas vezes se quiser ver alguma coisa." De fato, aquilo era uma imensidão.

Cansada, tomou o metrô de volta. Depois o ônibus que a deixou próximo de casa.

Sua mãe já estava lá.

– Gostou do museu, Luísa? Ah! Chegou carta do André pra você. Tá na sua cama.

Luísa sentiu seu coração agitar-se de alegria. Correu para abrir o envelope, de qualquer jeito, trêmula de emoção – afinal, era a primeira carta que recebia de André desde que chegara a Paris, apesar de já lhe ter escrito três vezes.

Num dos cantos da folha, um coração vermelho pintado às pressas. Começou a ler, ou melhor, a decifrar:

"Querida gatinha...."

– Ele nunca me chamou de "gatinha", sabe que detesto esse negócio de "gatinha"! – falava consigo mesma. – Que letra horrível, meu Deus... Como é? Então não recebeu a carta que escrevi do avião, nem a que escrevi do hotel? "Sofri muito com a sua viagem, dias depois conheci um grupo maneiro, da pesada no bom sentido, e a gente tem saído pra curtir umas e outras, sabe como é, era de lei eu sair daquela foça..." – Fossa com cê-cedilha, André? – espantou-se Luísa. Continuou: "... Se tudo tá legal, a gente fica. Se começa a engrossar, a gente puxa o trem, numa boa... E aí? Tá tudo bem?..."

E continuava por aí afora – chegava ao final da carta sem ter dito quase nada.

Sua mãe, parada à porta, quis saber:

– Boas notícias de lá, filha?

– Nenhuma! Nem boa, nem má. Nenhuma! – respondeu Luísa, sem conseguir chorar.

Mais tarde, chorando de raiva, começou a responder.

À noite, seu pai, vendo-a tão calada e com ar ausente, quis saber de Lúcia o que acontecera. Ela falou-lhe sobre a carta de André e a reação da filha. Luís foi ao quarto dela mais tarde, encontrando-a debruçada sobre os livros.

– Não quer se abrir com seu pai? – perguntou-lhe, terno.

– Quero sim me abrir com você. Sabe que hoje fui ao Louvre? Vi a *Mona Lisa*! Um barato!

Luís entrou na dela.

– E aí, filha, gostou? – perguntou, sorrindo.

– Adorei! Tenho que fazer um trabalho pra um seminário da escola, acho que vou propôr falar sobre Leonardo da Vinci. O que acha?

– Acho maravilhoso! Se quiser, posso dar uma mãozinha nos fins de semana.

– Não, pai. Não precisa. Vou pesquisar na biblioteca da escola. Em outras bibliotecas se for preciso. Ainda tenho algum tempo pra preparar o trabalho.

– Claro! Acho muito boa ideia. Eu também, vou confessar a você, já fui duas vezes ao Louvre na hora do almoço. E vou voltar muitas vezes. Há muito o que se ver. Leonardo da Vinci é uma personagem incrível na história da humanidade. Distinguiu-se nas artes e nas ciências e deu origem a muitas das invenções modernas.

– Comprei este livro quando saí de lá. Ele dá uma ideia resumida da vida e da obra dele.

Os dois calaram-se. Entre eles e Leonardo da Vinci, havia André. Não se deve fugir assim das emoções. De repente, Luísa pulou no pescoço do pai, soluçando.

– O que houve, minha filha? – Lúcia também entrara no quarto, ao ouvir Luísa chorar. E, junto com o marido, acariciava a filha.

– O André… O André… não me ama mais… Ele ficou bobo – recomeçou a soluçar.

– Por que está dizendo isso, minha filha? – quis saber Luís.

Luísa afastou-se dos pais, chorando, e pegou a carta de André:

– Imaginem… "querida gatinha"… Ele sabe que detesto que me chame de "gatinha"… Disse que encontrou um "grupo maneiro, da pesada no bom sentido"… Vocês acham que tem grupo da pesada no bom sentido, gente?! E ainda escreveu fossa com cê-cedilha! Uma página inteira, ele não disse nada que prestasse!

Era hora de Luís apaziguar aquele coração.

– Filha, pense bem. Vocês estiveram juntos desde muito crianças. O André nunca foi um mau menino, nem nunca será. Por mais que a separação de vocês dois tenha doído, ela era necessária. Acredite! Vocês dois precisavam respirar. Nesse aspecto, a vinda para a França foi providencial. Da maneira como viviam, juntos o tempo todo, vocês nunca poderiam saber o que sentiam de fato um pelo outro. Ninguém quis ou quer separar vocês dois.

– Nem *ela*? – interrompeu Luísa, espantada, referindo-se a mim.

– Ela quem? – perguntou Luís, surpreso.

– Desculpe, pai, estou confusa.

– Está bem. Nem ela! Seja ela quem for! – soprei no ouvido dele. – Mas deixe-me terminar. Antes de viajar, sua mãe e eu estivemos com os pais dele. Eles pensam como nós, isto é, que vocês precisavam de um tempo pra viver. Do jeito como conduziam o que chamavam de "namoro", poderiam até, mais tarde, acabar se casando. E só depois descobrir que aquele amor, também verdadeiro, mas fraterno, não era exatamente o que buscavam.

Luísa e Lúcia ouviam sua voz grave e pausada, encantadas. E ele continuava:

– Sua vida mudou completamente nestes poucos meses. Quantas coisas já viu e aprendeu... A dele, lá, também. De repente, ele tinha que preencher o vazio que sua ausência deixou. Cada um tem um jeito de lidar com o sofrimento. Se, em vez de seu namorado, fosse seu irmão, com quem tivesse convivido quase exclusivamente por anos a fio, o vazio poderia ser o mesmo! É importante que descubram outras coisas. Se for amor, amor de fato, como pensam ser, ninguém os impedirá de se reencontrarem. Esse negócio de "grupo da pesada" e outras besteiras é justamente pra mostrar a você que, da maneira dele, ele também está aprendendo coisas novas.

– Ficando assim babaca? Ele nem falava só na gíria desse jeito. Imagine escrever fossa com cê-cedilha!

– Isso não é tão grave – interveio Lúcia. – Já vi "pêssego" escrito com dois "esses" na porta de um quitandeiro, lá em São Paulo!

– Mas "pêssego" se escreve com dois "esses", mãe! – irritou-se Luísa ao constatar que sua mãe entendia menos de ortografia do que o quitandeiro.

Depois de longa discussão ortográfica, voltaram a falar de André.

– Seja sincera, Luísa. Ultimamente você pensa tanto em André como quando chegou aqui, meses atrás? – perguntou seu pai, sem piedade.

– Bem... Talvez um pouco menos, mas isso não quer dizer nada! A escola absorve meu tempo todo! E tantas coisas pra ver...

– É só o que eu queria saber, minha filha.

Estavam sentados na beirada da cama, Luísa ao centro. Depois de longo silêncio, ela confidenciou, romântica, pronunciando todas as letras:

– O André será meu amor para sempre... Nem que seja para não vê-lo nunca mais!

– "Para sempre e nunca mais não existem." Já li isso em algum lugar – disse Lúcia, mestra em misturar as coisas.

7. UM PASSEIO INESQUECÍVEL

O domingo amanheceu frio. Muito frio. O céu, no entanto, estava impecável. Prometia um belo dia. A neve promove lindos espetáculos, mas deixa o rastro horrível do degelo. Quando derrete, as ruas ficam lamacentas, os jardins barrentos. Vêm, então, os caminhões-pipa lavar a cidade, esparramando água para todos os lados. Costumam fazer isso enquanto a cidade dorme, justamente para evitar incidentes.

Luís, apesar de todas as precauções que tomou, tais como mandar verificar freios, pneus, etecétera, e mesmo sabendo que Versailles distava poucos quilômetros de Paris, decidiu que partiriam cedo, para evitar imprevistos. Tomariam o café da manhã pelo caminho.

Às sete horas, o dia apenas clareava, foram os três até o carro.

Lúcia, é preciso dizer, além de frívola, é meio azarada. Isto é, como tem sempre gestos largos e incompreensíveis repentes, acaba por ser vítima dela própria.

Ao se aproximar do, segundo ela, repugnante fusquinha, avistou uma moeda no meio da rua, a uma distância longa para o olho nu comum. Saiu correndo para apanhá-la, exatamente no momento em que um caminhão-pipa retardatário dobrava a esquina, levando um gelado jato-d'água nas pernas. Perdeu a fala com o choque, mas recuperou-se em segundos. Pegou a moeda e colocou-a no bolso, correndo atrás do caminhão e gritando *Estupide! Estupide!*. O caminhão parou não por causa dos gritos dela, pois o barulho de seu motor não permitia ouvir. Mas por terem percebido que a atingiram. Provavelmente iriam desculpar-se, embora a culpa não fosse só deles.

Foram recebidos com todos os *estupides* possíveis, por falta de vocabulário mais rico em insultos. Luís já estava ao lado dela, tentando tirá-la de lá, mas qual o quê! Ela parecia ter engolido um CD e engatava um *estupide* no outro, sem parar. Os dois senhores do caminhão, que não eram também muito refinados, disseram apenas dois palavrões, felizmente incompreensíveis para ela, mas que fizeram corar Luís e Luísa – esta última entrando depressa no carro, morta de vergonha.

– Tá maluca, mãe?! – disse ela, quando seu pai finalmente conseguiu enfiar a mulher dentro do carro.

– Ora, esses franceses pensam que são donos do mundo! – desabafou. – Quando percebem que a gente não é daqui, olham pra gente como se olha pra fruta podre! Qual é? Ontem, na loja, a vendedora fazia de conta que não entendia o que eu queria. Acabei desistindo pra não enfiar a mão nela, que paciência tem limite!

Não que eu ache que Lúcia tenha razão, mas, sinceramente, nunca pensei que rodasse a baiana com tanto esmero!

– Vai lá trocar as meias e sapatos – pediu Luís. – Nós esperamos você aqui.

Pedido aceito, saiu pisando duro e resmungando pelo caminho. Estava furiosa. Voltou de botas. Se as tivesse calçado antes, como o marido cansou de insistir, o choque gelado teria sido amortecido.

Os primeiros quilômetros foram percorridos em constrangedor silêncio. Luísa, subitamente, teve uma ideia genial.

– Mãe! Quer que eu conte a história do Palácio de Versailles?

– Quero – respondeu Lúcia, na verdade desejando recuperar o clima do ambiente.

– Está bem. Naquele maravilhoso palácio viveram alguns reis, entre eles Luís XVI, que se casou com Maria Antonieta...

– A que foi degolada? – quis confirmar Lúcia.

– Isso, mãe. A que foi decapitada pela guilhotina – precisou Luísa, pacientemente.

E prosseguiu contando a história fresquinha em sua cabeça, pois era matéria de próxima prova. Não vou reproduzir aqui a história toda, pois todos estão fartos de conhecê-la. Muito embora Luísa a narrasse como se fosse um conto de fadas para despertar maior interesse de sua mãe.

Até que chegou à parte mais picante. As fugas de Maria Antonieta para o refúgio que fizera construir em meio ao bosque. E para onde escapava do tédio do convívio com seu marido e se encontrava com o amante. Essa parte não estava no livro que Luísa estudou para a prova. As partes menos legais da História são passadas de raspão, em qualquer lugar do mundo. A prova disso é que só quem viu o filme *Carlota Joaquina* é que sabe o quanto ela saçaricava.

– Ah! Eu quero conhecer esse palacinho do bosque! – vibrou Lúcia, saudosa de fofocas.

Chegaram. Visitaram o palácio, Luísa com interesse redobrado por causa da prova.

Lúcia, desesperada para ir ao bosque procurar o "palacinho", mais aconchegante.

Das janelas descortinavam-se fantásticos jardins. Bem conservados, não era difícil imaginar a beleza deles no tempo dos reis.

Terminada a visita, foram informar-se do caminho para o refúgio do bosque, já que Lúcia se inquietava.

– Está em reforma. Não se pode passar para lá – informou secamente o guarda, cansado de responder perguntas.

Lúcia voltou para casa frustrada.

– Não deixo a França sem ver esse palacinho! – decidiu.

Luísa, encantada, pensava na História. De repente, falou ao pai:

– Eu poderia optar por Maria Antonieta para o seminário!

– Não penso que seja a melhor opção – respondeu Luís, também fascinado pelo passeio. – Não se esqueça de que está na França. Maria Antonieta já foi muito explorada pelos franceses.

– Não me admira! – disse Lúcia, que começava a sofrer de xeno-fobia ao contrário, isto é, era uma estrangeira que não queria aceitar os nativos.

Acostumados aos seus apartes sem propósito, fizeram de conta que não ouviram.

– Na próxima semana, a gente podia ir ver os vitrais da Catedral de Chartres. Ouvi dizer que são lindos!

– Boa ideia! Se o tempo estiver bom...

Ao chegarem em casa, Lúcia tirou o casaco de qualquer jeito, a moeda que achara pela manhã caiu de seu bolso. Luís apressou-se em apanhá-la.

– Ganhou vinte centavos pra tomar aquele banho, mulher? – perguntou, rindo.

Lúcia, que também tem lá seu humor e sua inteligência, pegou a moeda e disse a ele e a Luísa, que riam à lembrança:

– Vocês dois não têm o menor espírito esportivo! Se não fossem aqueles dois malucos daquele caminhão que mija, me cumprimentariam por encontrar uma moeda "estrangeira" no meio da rua!

E os três explodiram em gostosa gargalhada.

8. UM CAPÍTULO À PARTE

Luísa começou a preparar-se para o seminário. Aproveitava todos os momentos livres para colher material na biblioteca, fosse a da escola ou outra, e para comprar reproduções de obras de Da Vinci que enriquecessem seu trabalho. Luís jamais lhe negava dinheiro para livros ou material de estudo – a formação de sua filha vinha em primeiro lugar entre suas prioridades. Nesse aspecto, ele nem parecia nosso patrício, pois era capaz de sacrificar a marca do carro em favor de uma formação da melhor qualidade para ela.

Felizmente, Lúcia não interferia nessa área. Aliás, ultimamente, nem tinha tempo de se queixar. A temperatura melhorara ou, quem sabe, ela se acostumara ao clima. O fato é que ia diariamente a Paris, pouco distante de Boulogne.

Encontrara uma solução formidável para ocupar bem seu tempo, sem precisar gastar quase nada. Isto é, em vez de comprar tudo de que precisava em casa, numa só viagem, cada dia comprava uma coisa. Por exemplo, um dia ia a Paris buscar uma agulha. No outro trazia um rolinho de esparadrapo. No dia seguinte, comprava um vidrinho de mercurocromo. E assim por diante. Fez trinta viagens para montar uma caixinha de primeiros socorros. Mais trinta, que necessitaria para montar a caixinha de costura, embora não soubesse costurar, mantinha-a com projetos para todo o próximo mês.

Aproveitava, é claro, para tomar um cafezinho num café-terraço, observar o movimento, irritar-se com o mau humor parisiense. E, como não era burra, quando saía em busca de um carretel de linha, atravessava alguma imensa loja de departamentos, pesquisando preços de coisas que, com certeza, jamais compraria.

Luís, agora mais acostumado ao estilo burocrático francês, desenvolvia seu trabalho sem grandes problemas.

A representação da empresa em Paris não era grande. Luís tinha dois colegas brasileiros. Marcos era bem mais jovem do que ele, recém-casado com uma francesa e vivia em Paris havia mais de cinco anos. Fora para completar os estudos e lá ficara, provavelmente para sempre. Conhecia bem as manhas dos funcionários públicos franceses e era muito bem-humorado. O outro era Renato, atual responsável pela representação de Paris. Tinha quase a mesma idade de Luís e estivera, até ano e meio atrás, à testa de representação da empresa em Milão. De temperamento mais fechado, era casado com brasileira e pai de um único filho, Lucas, que entrara na universidade, em Paris, no atual ano letivo. No momento, Renato estava só com o filho. Sua mulher agenciava, em Milão, a venda do apartamento de sua propriedade, onde residiram enquanto lá viveram. Prometera convidar Luís e a família para um jantar, assim que ela voltasse.

Os demais funcionários, quatro pessoas, ou seja, o suporte executivo da empresa, enfim, os que mais trabalham, eram franceses. Como as multinacionais fazem no Brasil, os postos-chave ficam com os do país de origem da empresa. O resto fica com brasileiros.

A reunião familiar na casa de Luís, ao jantar, era uma festa nos últimos tempos. Lúcia tinha montes de coisas para contar sobre compras, preços, coisas que via. Seu astral andava elevadíssimo. Luísa avançava em seus estudos com muito entusiasmo, andava por Paris com desembaraço, descobria ruas e ruelas da cidade, visitava exposições, museus, enriquecia-se com grande rapidez.

Aos domingos faziam pequenas viagens, conheciam cidades pitorescas. Até Lúcia encantou-se com os vitrais de Chartres! Estiveram em Rouen, na Normandia, onde Joana d'Arc foi julgada e queimada. Não fosse seu pai brecá-la, fascinada com tanta História, Luísa já ia propor Joana d'Arc como novo tema do seminário.

Assim, fevereiro acabava sem que tivessem nem ao menos percebido que, naquele mês, houvera um carnaval!

Foi nos primeiros dias de março, portanto mais de três meses após o despacho, que tiveram notícia dos baús dos eletrodomésticos e das roupas inúteis. Só que Luís não pensara em eletrodomésticos. Provavelmente nem ouvira direito quando Lúcia mencionou tê-los despachado com as roupas, naqueles dias tão agitados que precederam a viagem.

Graças à intervenção de Marcos, seu jovem colega, Luís afinal soubera que os baús já haviam estado na França e voltado ao Brasil, devido a pequeno engano de Lúcia ao preencher etiquetas e formulários. À noite simplesmente avisou-a de que no dia seguinte tudo lhe seria entregue em casa.

Ah! Como é maravilhoso reencontrar a própria história! De dentro dos baús, como se fossem cartolas de mágicos, saíam facas elétricas,

liquidificador, batedeira, secador de cabelos, *shorts*, bermudas, lençóis...
e até roupinhas de quando Luísa era bebê, guardadas como lembrança.

Era como se voltasse para casa, no meio daquelas coisas tão familiares
e queridas. As roupas exalavam inebriante perfume dos sabonetes e
sachês brasileiros, dos quais agora sentia imensas saudades.

Resolveu, então, lavar os cabelos para inaugurar, na França, o seu
secador *made in Brazil*. Sentou-se cantarolando diante do espelho,
ligou o secador e... *puff*!

– O que fizeram com meu secador! – gritou, esquecida de que estava
sozinha em casa. – Droga! Quebraram meu secador!

"À noite Luís vê isso", pensou. Não havia outro jeito senão deixar
os cabelos secarem ao natural.

– Vou bater um bolo na *minha* batedeira pra esperá-los! – disse em
voz alta, indo vestir-se e contentando-se em comprar massa semi-
pronta em frente ao condomínio. Dessa vez, não haveria tempo de
ir a Paris fazer a compra.

Bem, nós já podemos imaginar o que aconteceu. *Puff*! Aparelhos
antigos, nenhum deles bivolt. E lá se foram a batedeira, em seguida o
liquidificador e as facas elétricas, pois quis certificar-se da irresponsa-
bilidade da transportadora. "Tudo quebrado!", concluiu. E foi assim,
desolada em meio à grande desordem na sala, que Luís e Luísa a encontraram quando, por coincidência, entraram juntos em casa.

– Esses incompetentes! Quebraram tudo na viagem, Luís. Tudo fez
puff quando liguei! – falava, mostrando os aparelhos pifados.

Luís precisou de muitos segundos para recuperar a energia perdida
ao ver que os familiares aparelhos elétricos jaziam no chão.

– Lúcia! – controlava-se para não perder a paciência. – Você não
sabe que a voltagem em São Paulo é de cento e dez volts e que aqui é

de duzentos e vinte volts? Quando o primeiro aparelho fez *puff*, você não desconfiou, nem parou de ligar aparelhos?

Ela só balançava a cabeça, dizendo não. Como criança quando é apanhada repetindo a mesma besteira.

Confesso que pela primeira vez senti pena de tê-la tirado tão crua do forno. Eu devia ter esperado essa personagem pelo menos corar um pouco. Tenho certeza de que se sua mãe estivesse por perto, naquele momento ela se aninharia em seu colo, chorando.

Luísa presenciava calada a cena, como se assistisse a um filme. Foi então que viu, no meio das roupas espalhadas por toda parte, um casaquinho de quando era bebê. Levantou outras peças e foi descobrindo a fraldinha, o cueiro cheio de ursinhos, o vestidinho de casinha de abelha. Parou. Só conseguiu murmurar, olhando pro teto:

– Eu não acredito!

Sei que falava comigo. Só não sei por que olhou para cima, pois ainda estou muito firme na terra.

A verdade é que Luís, puro de coração, não resistiu ao olhar de Lúcia pedindo socorro. Prometeu dar-lhe dinheiro para comprar um aparelho por mês, aconselhando-a a estabelecer prioridades. Diante disso, o rosto de Lúcia voltou a iluminar-se, já imaginando sua próxima compra: um novo secador de cabelos de duzentos e vinte volts!

Luísa, depois do jantar, foi deitar-se. Estava muito cansada. E, nessa noite, sonhou comigo. Eu lhe dizia, no sonho: "Não lhe prometo, porque quem promete deve cumprir. Mas vou fazer o impossível para melhorar sua mãe nos próximos capítulos".

9. A VIDA CONTINUA...

André respondeu à carta de Luísa. Foi um custo decifrar sua letra e seu palavreado. Mas ela conseguiu entender tudo o que eu queria que ela entendesse.

Chamava-a de careta. Dizia que ela tinha ficado besta em Paris, que museu era coisa de velho, que parecia a mãe dele, implicando com sua linguagem jovem e maneira. E que já tinha ouvido, sim, falar da *Mona Lisa*, não tendo certeza de que ela era um sapatão ou um travesti da Idade Média!

Ora, deu-se muito mal, o André! Naquele momento, ofender a *Mona Lisa*, ou Leonardo da Vinci, era mexer com os brios de Luísa. Esta, com ódio, amassou a carta toda, jogando a bolinha de papel no lixo e gritando:

– É O QUE VOCÊ MERECE, SEU IDIOTA IGNORANTE! SAPATÃO E TRAVESTI É A VÓ!

Pronto, aí está. Ela acha que ele ficou bobo. Ele acha que ela ficou besta! Estão quites. Vocês acreditam que essa seria uma razão para desmoronar o amor, digo, amor mesmo, daquele que chega quase a detonar a inteligência da gente por um bom tempo?

Lúcia, ouvindo-a, correu a acudir:

– Filha! Pelo amor de Deus! Que aconteceu?

– Esse coiote do André, mãe! Que ele vá pro inferno! Não quero mais ouvir falar dele nesta casa! – dizia, espumando de raiva.

– Mas a gente fala tão pouco dele, Luísa! – disse sua mãe, surpresa.

– Mas não quero ouvir falar mais nada! Não sei como pude gostar tanto daquele cara!

Sua mãe sorriu.

– E sempre gostará, nem que não o veja nunca mais! – parodiou-a. – Vocês se adoram… Um pouco como irmãos. Sempre estiveram juntos! Eu mesma gosto dele quase como se fosse meu filho.

– Ah! Vocês com essa história de "irmão" já tão enchendo! Pensam que não sei que foi *ela* que pôs isso na cabeça de vocês?!

Vejam! Agora eu sou *ela*. Essa é boa!

– *Ela* quem? – perguntou Lúcia, como se não soubesse.

– Ora, mãe, então não sabe quem é *ela*? – perguntou, assim mesmo, bem debochada.

– Mas vou fazer de conta que não sei até o fim – disse, já esquecida de seu deslize no primeiro capítulo. – Quando esta história acabar, vou ter com *ela* uma conversa séria!

Daí a necessidade de fazer Lúcia crescer um pouco. Não que eu tema essa "conversa". Mas, no fundo, gosto tanto dela, assim criançola, como se fosse irmã de Luísa. Também não vai poder crescer muito, pois ninguém cresce tanto de uma hora para outra.

Luísa, penalizada pela ofensa ao seu querido Leonardo – já o tratava com certa intimidade –, retomou seu trabalho para o seminário com vontade redobrada. Agora, sim! A pressão da raiva mais o sentimento de desafio exerciam grande força sobre sua personalidade. Com certeza, faria um excelente trabalho!

Fiquei à espera de que a poeira assentasse. A lembrança de André foi se espaçando na cabeça de Luísa. Tornava-se, pouco a pouco, uma saudade como a que sentia da avó, dos melhores amigos. Ela concluía o belo trabalho a ser apresentado, em abril, no seminário. Por coincidência, no dia da chegada da primavera e dia em que ela completaria dezesseis anos.

Dias depois, as árvores já perdiam o triste aspecto que assumiram no inverno e começavam a preparar-se para a entrada da primavera. As folhas brotavam com rapidez visível. Luísa encantava-se com aquela manifestação notória de mudança de estação, olhando da janela de seu quarto as árvores vestirem-se de verde. Os dias já se prolongavam. Mais tarde, entrou na sala. Seus pais já a esperavam à mesa para o jantar. Tinha a fisionomia radiante de quem acabara de cumprir árdua missão.

– Como minha filha está linda! – exclamou Luís, ao vê-la aproximar-se.
– A cor verde lhe vai muito bem, sabe?

– É verdade! – concordou Lúcia, sorrindo orgulhosa. – Nossa filha está uma moça muito bonita!

Luísa sorriu, sem ficar encabulada.

– Vocês são dois corujas! – disse, com sincera modéstia.

De fato, ela se transformava numa linda moça. Crescera nos últimos meses, por dentro e por fora. Perdera aquele jeito de bebê chorão quando falava com os pais. O esforço para integrar-se à nova vida e ao novo ritmo dos estudos valera-lhe um certo ar de maturidade.

– Hoje terminei meu trabalho pro seminário na próxima semana. Parece que ficou bom. Depois dá uma olhada nele, tá, pai?

– Claro! Parabéns, filha!

– Eu também quero ver, oras! Afinal, sou mãe da autora!

– Da aluna, você quer dizer. Não diga "autora". Essa palavra ultimamente me irrita!

Essa me pegou de surpresa! Pensei que as coisas estivessem se encaminhando tão bem!

– O que minha linda filha vai querer de presente de aniversário? – Luís interrompeu meu pensamento.

– Que tal um "vestido francês" para comemorar a entrada da primavera? – sugeriu Lúcia, que começava a se revelar um ser pensante depois do incidente dos eletrodomésticos. Já sabia até o dia da chegada da nova estação! Mas fazê-la perder a paixão pelas lojas não ia ser fácil.

– É uma boa ideia – respondeu Luísa. – Estou precisando de um vestido, já que cresci e minha roupa ficou um pouco curta.

– Podem ir comprá-lo amanhã – concordou Luís. – E aonde vamos comemorar?

– Ah! Eu queria ir num restaurantezinho do Quartier Latin, perto da Catedral de Notre Dame. Tem música ao vivo, e uma colega minha disse que é *chapeau*!

– Ué!? *Chapô* não quer dizer chapéu? – estranhou sua mãe, pronunciando a palavra como se fala, e não como se escreve.

– É, mãe. Mas aqui eles dizem *chapeau* – escreveu a palavra no guardanapo de papel – quando querem dizer que uma coisa é *joia*.

– Está combinado! Iremos ao *chapeau* comemorar – disse Luís, que acabara de receber do Brasil o dinheiro da venda do carro e jurara a si mesmo recompensar a filha pelos esforços nos estudos.

– Você não me daria umas aulas de francês, Luísa? – perguntou Lúcia, séria, de repente.

– Claro, mãe! – respondeu Luísa, surpresa. – Nem posso acreditar que, finalmente, interessa-se pela língua do país em que vive!

– É. Preciso parar de falar que nem índio, pra impor um pouco mais de respeito nesta história. Amanhã, sua tarde de folga, poderíamos ir comprar o vestido e, depois, começaríamos nossas aulas. O que acha?

– *CHAPEAU!*

– *CHAPEAU!* – imitou Lúcia, agora pronunciando como se escreve, isto é, do mesmo jeito que pronunciara antes.

Na manhã seguinte, Renato chegara ao escritório com uma cara bem mais simpática do que de costume. Mais tarde, chamou Luís e lhe propôs:

– Marta chegou de Milão ontem, contente com a venda do apartamento. Queremos que você e sua família venham comemorar com a gente num jantar, sábado. É possível?

Convite irrecusável. O primeiro, desde que chegaram a Paris havia cinco meses!

À noite, em casa, falou com mulher e filha. Lúcia, sedenta de amizades, ficou exultante. Luísa torceu o nariz e disse:

– Vão vocês. O que vou fazer lá? Vão falar de negócios, preços, coisas que não me interessam.

– Então vou recusar o convite! – ameaçou Luís.

– Não, pai! Vai ser bom pra vocês. Só acho que a minha presença não seria importante nesse jantar.

– É importante, sim – insistiu ele. – Você também precisa de amizades aqui. Os franceses são muito fechados. Eles têm um filho, Lucas, pouco mais velho do que você, que já está aqui há um ano e meio e acaba de entrar na universidade. Deve conhecer outros jovens e poderá apresentá-la a eles. Nem só de cultura vive o homem. Nós precisamos das relações com outras pessoas.

Lúcia concordou plenamente:

– Aproveitará para estrear seu vestido novo! – disse ela, para dar mais força à argumentação do marido.

– O vestido novo é pro meu aniversário! – protestou Luísa.

– Compre outro! – disse Luís. – Compre um pra você também, Lúcia. – O carro fora muito bem vendido.

Isso era muito mais do que Lúcia poderia esperar naquela linda primavera.

Luísa acabou por concordar, embora sem muito entusiasmo. Tinha certeza de que iria se entediar naquele jantar. "Esse tal de Lucas deve ser outro babaca!", pensou, revoltada que estava com os homens desde a decepção com André.

No dia seguinte foi às compras com sua mãe, que passou pela escola, ao término das aulas, para não perderem tempo. Lúcia sabia exatamente aonde ir, de maneira que conseguiram resolver tudo antes de as lojas fecharem.

E fizeram ótimas compras. Luís dera dinheiro além do necessário. Aproveitaram para trazer sapatos, um par de brinquinhos que Luísa adorou e uma camisa para ele, que, afinal, bem merecia.

10. NO JANTAR, A SURPRESA

Lúcia preparava-se para o grande acontecimento: o primeiro contato, depois de tantos meses, com pessoas fora de sua família que compreenderiam tudo o que ela dissesse. Como quase todas as mulheres, não se arrumava pensando no efeito sobre o sexo oposto. Caprichava para não dar a Marta o menor motivo de crítica. Falara com ela apenas uma vez, por telefone, quando procurava apartamento para alugar. Marta mostrou-se simpática, indicou-lhe o corretor que poderia ajudá-la, mas, em seguida, começou a ocupar-se da venda do apartamento em Milão, o que a impediu de convidá-los antes.

Luísa estava linda! O vestido verde realçava seus olhos cor de mel. Um colar e um batom suave completavam o conjunto.

Luís, orgulhosíssimo da bela família que possuía, encaminhou-se para o carro.

– Vamos de fusquinha, bem? – perguntou Lúcia, cuja ligeira recaída não pude evitar.

Luís olhou-a sério, mas, antes que dissesse qualquer coisa, ela tratou de consertar:

– Tudo bem, amor, eu só perguntei.

Chegaram na hora marcada. Outra qualidade pouco brasileira de Luís: a pontualidade.

Foram recebidos por Renato e Marta, que se encantou com Luísa:

– Que filha bonita vocês têm! – com o que Renato concordou, deixando Luís e Lúcia estufados de orgulho.

O apartamento deles era muito aconchegante. Alguns quadros e esculturas completavam a decoração de indiscutível bom gosto.

Tomavam um aperitivo na sala de visitas, quando Lucas chegou, vindo de uma partida de tênis.

– Desculpem, quis aproveitar o bom tempo para treinar um pouco – disse, ao ser apresentado a Luís e Lúcia. Estes retribuíram aos pais do rapaz o elogio feito à filha há pouco.

"Que homem!", pensou Luísa, ganhando cor nas faces, quando o viu.

Ele também olhou-a surpreso. Pensava tratar-se de uma criança, quando seus pais falaram sobre a vinda da família naquela noite. Ali, diante dele, aquela moça bonita, de sorriso franco e olhos brilhantes. Luísa sempre foi desenvolvida, seu porte e sua maneira desenvolta de falar levava sempre as pessoas a pensar que tinha mais idade.

Sentou-se por um momento. Em seguida pediu licença para preparar-se. Voltou logo depois e todos se encaminharam para a outra sala, onde o jantar seria servido.

Lucas e Luísa falavam sobre os estudos, trocavam impressões sobre Paris, visivelmente encantados um pelo outro.

Lúcia comportava-se exemplarmente. Não dera um único fora desde que chegaram. Falava sobre suas dificuldades de adaptação nos primeiros meses, dos momentos difíceis que viveram até que tudo se acomodasse.

Mais tarde, Lucas chamou Luísa, levando-a a uma pequena sala, provavelmente um terceiro dormitório opcional transformado em escritório e sala de estudos. Ali havia uma escrivaninha, som, computador e um sofá, onde se acomodaram.

– De que música gosta? – perguntou ele.

– Gosto de quase tudo – respondeu Luísa. – Mas, claro, prefiro MPB.

Na verdade, ninguém estava interessado em ouvir música – queriam mesmo era se conhecer. Ele colocou um CD brasileiro, baixo, para poderem conversar.

Tinham muito o que dizer naquele momento de descoberta mútua, pois ambos foram arrancados de suas raízes para acompanhar os pais. Ele ainda mais, pois já vivera três anos na Itália, antes de ir para a França. Essa condição revelava a ambos muitos pontos em comum.

Luís também estava agradavelmente surpreso. Renato, em sua casa, mostrava-se muito mais simpático e falante do que na empresa. Conversaram sobre trabalho, claro, mas enveredaram por outros assuntos mais leves e divertidos.

Marta compreendia as dificuldades de Lúcia e propunha que se encontrassem mais vezes. Poderiam lanchar juntas de vez em quando, ir às compras, ao cinema, a exposições. Lúcia jurava a si mesma que haveria de se interessar por aquelas célebres exposições, para as quais tantas vezes recusara convites de sua própria filha.

Luísa e Lucas continuavam entendendo-se às maravilhas.

– Pode entrar gente de fora para assistir ao seminário de que vai participar? – perguntou a Luísa.

– Pode, sim. A escola é muito aberta. Soube que esses seminários anuais acontecem como se os alunos estivessem defendendo tese de mestrado. Eu até gostaria que meu pai assistisse, mas ele não pode por causa do trabalho... Minha mãe não gosta muito dessas coisas.

– Se eu puder ir, você gostaria?

– Claro! Pelo menos teria alguém torcendo por mim na plateia.

– Se puder, eu vou – disse ele, sorrindo. – E amanhã, o que vai fazer?

– Não sei ainda. Temos, às vezes, viajado aos domingos. Por quê?

– Você já ouviu um concerto de órgão na Notre Dame aos domingos?

– Não.

– Se eu a convidasse para ir comigo amanhã, aceitaria?

– A que horas?

– Começa às cinco da tarde. Depois jantaríamos ali por perto...

– Se eu estiver em Paris, será um prazer. Posso telefonar amanhã confirmando?

Luísa saía-se muito melhor do que eu esperava!

– Combinado – respondeu ele, esforçando-se para não a abraçar.

E a noitada terminava com muitos saldos positivos. Todos estavam felizes.

Essa nossa mania de prejulgar os outros acaba por levar-nos a nos fechar em nós mesmos, como ostras, e, assim, muitas vezes, perdermos a chance de fazer excelentes amizades.

Luís, por exemplo, não simpatizou com Renato quando chegou a Paris por ele ser mais fechado na empresa, mantendo uma certa distância de todos. Chegou mesmo a pensar que ele tirava dinheiro por fora nos negócios que fazia. Agora, no entanto, deixara a casa dele com outro sentimento. Renato era um homem seguro e competente. Pelo que Luís entendera, como responsável pelos negócios da empresa no exterior, corria por conta dela sua moradia, carro e outras regalias. E gozava de excelente conceito junto à empresa e ao governo no Brasil.

Lúcia pensava que Marta fosse uma esnobe. Ao contrário, a mulher de Renato era simples e muito simpática.

Luísa quase perdera a oportunidade de encontrar Lucas.

Do outro lado, na casa de Renato, todos também constatavam ter errado em suas suposições. Ele os convidara mais ou menos para cumprir um ritual obrigatório, o que deveria até ter sido feito há mais tempo. Pretendia apenas desincumbir-se dessa espécie de obrigação, e não se tocaria mais no assunto. Luís e sua família, entretanto, deixaram a melhor das impressões.

– Luísa é tão amadurecida pra idade dela! Não parece ter só dezesseis anos. Muito interessada… interessante… – disse Lucas aos pais, que já haviam entendido o fascínio imediato que ele sentira pela jovem.

No caminho de casa, Luísa falou sobre o convite dele para o dia seguinte.

– Belo rapaz! – disse seu pai.

– E você? Não aceitou? – perguntou Lúcia.

– Eu disse que, se não fosse viajar, telefonaria pra ele.

– Então pode telefonar. Amanhã quero descansar, minha filha – disse seu pai, cheio de boas intenções.

– É exatamente o que farei, meus bens! E ele deve ir também à escola, terça-feira, assistir à minha apresentação no seminário.

Luís e Lúcia olharam-se, cúmplices, sem nada dizer. Lúcia, no entanto, foi bem mais longe. Supersticiosa, desenvolveu o seguinte raciocínio: *"Luís, Lúcia, Luísa… Lucas… pode até ter futuro!"*

11. UMA HOMENAGEM À PRIMAVERA

Os dias que precedem a chegada da primavera em Paris são fantásticos. A natureza e as pessoas sintonizam os movimentos como se tudo fizesse parte de uma imensa orquestra. As árvores cobrem-se de folhas e os jardins florescem rapidamente. Os cafés abrem as portas e suspendem os toldos que protegeram as mesas nas calçadas durante o inverno. O Sena, lindo rio que corta Paris inteira, fica com suas margens povoadas pelos que correm a receber os primeiros raios de sol da estação que se aproxima.

Nesse clima de euforia, Luísa chegou à frente da catedral, onde marcara encontro com Lucas. Ele já lá estava à sua espera e abriu um grande sorriso ao vê-la chegar.

– Tive medo de que não viesse! – confessou ele, sincero.

– Por que não viria? – ela sorria também.

– Sei lá! Poderia ter viajado de repente ou decidido fazer outra coisa.

– Não sou maluca!

Os dois entraram exatamente no momento em que os órgãos começavam a tocar.

Havia muita gente no interior. Lucas pegou a mão de Luísa e caminharam em redor da nave da igreja, enquanto ouviam as músicas que pareciam vir de outro mundo.

Quando saíram, meia hora mais tarde, o dia ainda claro, Luísa murmurou:

– Que maravilha!

– Eu sabia que ia gostar. Da próxima vez, ficaremos até terminar. Hoje quero andar um pouco com você por aí.

E começaram a caminhar ao longo do Sena. Lucas explicava-lhe que ali, naquela pequena ilha, dentro do rio, a Ilha de Saint Louis, nascera a cidade. Pararam diante da Conciergerie, onde, entre outras coisas, Maria Antonieta esteve presa e foi condenada. Luísa já visitara tudo por ali, mas, na companhia de Lucas, a História tinha outro sabor.

– A História massacra Maria Antonieta – disse Luísa. – E com razão, pelas consequências de sua leviandade. Mas, no fundo, ela era uma ingênua. Não tinha a menor ideia da revolução que provocaria...

– É verdade – concordou Lucas. – Mas não se faz com um povo o que a inconsequência dela fez com o seu.

– É que se casou tão jovem... tinha só quinze anos, vinha de outro país... E com um babaca! Luís XVI morreu criançola!

– Babaca?! – ele riu. – Sabe que há muito tempo não ouvia essa palavra?

E assim passavam da História à babaquice, como se o Quartier Latin não fervilhasse de gente por todo lado e eles fossem os únicos seres da Terra a captar as vibrações da cidade.

Cansados, instalaram-se num desses cafés que estendem as mesas pela calçada afora para beber alguma coisa. Mais tarde iriam a um pequeno restaurante jantar.

Luísa vivia um sonho. Não queria despertar jamais. Aquele jovem, de pouco mais de dezoito anos, estudante de arquitetura, educado, um cavalheiro, parecia ter saído de outra história para nesta encontrá-la. No entanto, ele era real. Um príncipe? Um mago?

Levou-a, depois, até pequena praça que ela ainda não conhecia. Um conjunto arquitetônico de singela beleza e, ao centro, uma árvore e um candelabro.

– Esta é a Praça de Furstemberg – apresentou-a a Luísa. – Embora pouco visitada por turistas é, pra mim, a mais bonita da cidade.

Luísa concordou, em silêncio. Temia que uma só palavra pudesse dissolver a magia.

Caminharam até um aconchegante restaurante coreano onde saborearam delicioso prato oriental.

Chegaram a Boulogne quase às onze horas da noite. Os pais de Luísa não ficaram preocupados, pois sabiam que ela estava em boa companhia. Convidaram Lucas para entrar, e ele, querendo prolongar por mais tempo aquele domingo mágico, entrou por um momento.

Falaram sobre o passeio e, de repente, Lúcia não aguentou:

– Lucas! Já que vai assistir ao seminário, terça-feira é também aniversário de Luísa. Poderia vir conosco comemorar no... *chapeau*!

Quem não faria tudo para ver os olhos da filha brilharem sempre assim!

Luís, percebendo o embaraço de Luísa, corrigiu depressa:

– Trata-se de um pequeno restaurante no Quartier Latin, que apelidamos de *chapeau*.

– Você não me contou que era seu aniversário! – disse Lucas a Luísa.

– E talvez nem dissesse – respondeu ela, muito contrariada. – É que minha mãe tem a língua solta, mesmo.

Lucas riu. Percebeu que ela estava furiosa com a mãe. Achou-a ainda mais bonita assim, brava, e tratou de aceitar depressa.

– Aceito o convite, dona Lúcia. Se eu puder escapar da faculdade, vou também assistir ao seminário.

12. O SEMINÁRIO

Seminário escolar não é bem assim. Mas a escola de Luísa era diferente. Realizava os seminários no auditório, na presença de vários professores, de colegas de outras classes e permitia a entrada de um familiar do aluno que, naquele dia, fosse expor um trabalho.

O auditório estava, então, lotado. Muitos alunos, que não conseguiram lugar, sentaram-se no chão. Luísa, como os demais a se apresentarem naquele dia, estava nervosa – não decidira ainda como abriria sua apresentação. Pensava, repensava, preparava-se mentalmente, não aprovava, recomeçava.

Foi a terceira a falar. Antes de subir ao palco, havia procurado por Lucas na plateia, e não o encontrara. Lá de cima, no entanto, avistara-o em pé, ao fundo. Um calafrio percorreu-lhe a espinha. Em seguida, um agradável calor envolveu seu coração. Essas coisas que acontecem quando se vê alguém que mexe com nossos hormônios. Respirou fundo e foi em frente.

Falou com desembaraço. Levava sobre os outros a vantagem de ser brasileira, isto é, mais descontraída do que a maioria dos jovens europeus. Pediu que perdoassem seu francês, ainda longe de ser perfeito, uma vez que viera do Brasil havia menos de seis meses. Mas iria empenhar-se para que todos a compreendessem.

Pendurou as reproduções e desenhos que ilustrariam sua explanação num grande quadro no centro do palco.

Não tenho palavras para descrever meu espanto diante de um trabalho tão bem concebido, apesar da certeza de que ela não me decepcionaria. Luísa ultrapassava todas as minhas expectativas.

Discorria sobre o artista da escola florentina, numa linguagem simples e quase correta. Um ou outro erro de concordância, que seus colegas franceses também cometiam, não diminuía o valor de sua apresentação. Situava Da Vinci nos seus múltiplos papéis, como desenhista, anatomista, escultor, arquiteto, engenheiro, escritor e músico, de maneira sintética e dinâmica.

Enfim, sua apresentação foi um enorme sucesso. Muito aplaudida e cumprimentada pelos professores. Estes, admirados, quando não diziam, pensavam: "Quem diria, hein? A brasileira abafou!"

Foi justamente a partir desse dia que muitos franceses descobriram que brasileiros também sabem levar as coisas a sério! A reputação do Brasil, pelo menos naquela escola, estava salva!

À saída, Lucas abraçou-a emocionado, orgulhoso.

– Você foi brilhante! – disse ele. – Parabéns pelo seu aniversário! Parabéns pelo lindo trabalho!

– Pensei que não viesse – disse ela, sorrindo, feliz. – Procurei-o, antes de começar, e só o vi quando já estava tremendo, lá no palco. Foi tão bom ver um rosto amigo no meio do povo todo!

– Eu viria de qualquer jeito, Luísa. E pra que tenha certeza disso, sábado, quando esteve em casa, eu tinha compromisso com amigos. Cancelei. Domingo também, abandonei um parceiro de tênis para encontrar você.

Luísa sentiu um calor intenso no rosto. A natureza à sua volta vibrava de alegria. Lucas tirou do bolso um presente e lhe deu.

– Pelo seu aniversário e pelo seu sucesso!

Ela abriu o pequeno embrulho, devagar, e encontrou um coração de prata que se abria: "Ao nosso futuro!", estava gravado dentro dele.

– Você é incrível, Lucas! – conseguiu dizer, antes do abraço.

Agora, de mãos dadas, caminhavam pelas ruas de Boulogne até a casa de Luísa. Pareciam conhecer-se há muito tempo.

Lá chegando, despediram-se. À noite, ele estaria à sua espera no *chapeau*...

Luísa entrou em casa flutuando sobre nuvens. Lúcia, achando-a esquisita, perguntou:

– E o seminário? Tudo bem?...

– Huuum?...

– Como foi seu seminário? – insistiu.

– Ma-ra-vi-lho-so! Ma-ra-vi-lho-so!

– O Lucas foi? – quis saber Lúcia.

Luísa desceu rapidamente à terra.

– Foi, mãe. Até me deu este presente – ela mesma tirou o coração da caixinha e mostrou à sua mãe.

Ao ler a inscrição, Lúcia sorriu maliciosa.

– Vocês são muito jovens, e o futuro é eterno!

Luísa não entendeu a frase, mas também não tinha importância – a explicação de Lúcia seria, com certeza, complicada. Abraçou sua mãe:

– Sabe que, de vez em quando, seus foras ajudam? Fiquei furiosa quando falou pro Lucas sobre o seminário e o meu aniversário.

– Por quê? Até agora não entendi porque ficou tão brava.

– Achei chato. Parecia que tava querendo forçar a barra... Eu acabava de conhecê-lo...

– Mas estava mesmo querendo dar um empurrãozinho! Ele parece tão bom rapaz, e você precisa de amigos – disse Lúcia, com a maior naturalidade.

– Não precisava! Ele já tinha dito que ia fazer o possível pra ir ao seminário. Ele indo, talvez eu mesma falasse do aniversário.

– Bah! Eu só inverti um pouco a ordem das coisas!

– Mãe! Você é maravilhosa! E eu fui muito bem no seminário! – falou e foi para o quarto.

Precisava recuperar-se das emoções para estar bem à noite. Pediu à sua mãe que só a chamasse perto da hora do pai chegar.

Depois do sono reparador, tomou um longo banho. Passou o creme de sua mãe pelo corpo. Olhou-se no espelho, sentiu-se bela.

Seu novo vestido assentava-lhe divinamente. Colocou o pequeno coração que Lucas lhe dera numa corrente, também de prata, e pendurou-o no pescoço. Olhou o conjunto no espelho: "Sou mulher!", disse para si mesma, satisfeita com o resultado. "Nunca me senti assim antes!", pensou. Lembrou-se de como se importava pouco com a aparência, quando se preparava para encontrar André: *jeans*, camiseta e pronto!

De repente, diante do espelho, desejou apresentar-se a Lucas como a mais atraente das mulheres naquela noite. E que ele não tivesse nunca mais olhos para outra!

"Eu não disse?" – ela teve a impressão de ouvir-me. Mas fez de conta que eu não existia. Um conflito era a última coisa que desejava.

Assim, perdida no mundo encantado que só o amor é capaz de revelar, ouviu a voz de seu pai. Este contava à sua mãe que a residência deles, na França, também graças à diligência de Marcos, seria finalmente liberada na próxima semana.

Quando viu a filha sorrindo diante dele, não conteve a emoção:

– Que beleza!

Lúcia, concordando, acrescentou:

– Essa beleza toda tem um nome! Você ganha um presente se adivinhar.

Luísa, como se não ouvisse, abraçou o pai.

– Foi maravilhoso, pai! Minha apresentação foi um sucesso! Fui cumprimentada até pelos professores. Lucas adorou... olhe o que ele me deu! – mostrou o coração a seu pai, que, como sua mãe, compreendeu.

Lúcia, então, pegou a camisa que comprara dias antes e a entregou ao marido:

– Aqui está o presente que prometi há pouco. Já sei que compreendeu o nome da beleza, e sem muito esforço.

Lucas chegou ao *chapeau* minutos depois deles. Também caprichara. A camisa azul ia bem com seus olhos da mesma cor.

A música, o ambiente, o calor interior fizeram daquela uma noite inesquecível.

13. ATÉ AQUI TUDO BEM...

Chegou junho e, com ele, o final do ano letivo e o verão europeu. Luísa passou de ano raspando, claro! Se o milagre fosse grande demais, ninguém acreditaria!

Lucas também passou para o segundo ano de arquitetura.

O sucesso dos dois merecia comemoração.

Luís descobrira que viajar pela Europa poderia ser mais barato do que viajar pelo Brasil. Decidiu, então, que conheceriam a Itália.

– Uma semana de férias em Roma, Florença e Veneza! – comunicou a Lúcia e Luísa, que saltaram de alegria.

– Eu serei o cicerone! – emendou Lucas.

E lá se foram os quatro. Entre a História e as artes, Lucas e Luísa transbordavam de felicidade. Lúcia, que achou Roma muito cheia de ruínas, deliciou-se, romântica, nas gôndolas que, lentas e silenciosas, deslizavam pelos canais de Veneza.

De volta a Paris, estavam todos cheios de novos projetos e energia.

Luísa e Lucas viviam sua história de amor, mas cada qual com vida própria.

– Vou seguir um curso de francês durante o resto das férias, para melhorar minhas notas – decidiu ela.

– Acho ótimo que se ocupe enquanto eu trabalho... – concordou Lucas, que acabava de conseguir estágio num escritório de arquitetura.

Como no tempo de aulas, às quintas-feiras iam ao cinema, teatro ou faziam outro programa qualquer. Nos fins de semana ficavam mais tempo juntos.

Tudo andava bem. Lucas a apresentara aos amigos, no clube, onde ela torcia por ele no tênis. Ela mesma não se interessando em jogar. Participavam de reuniões, festas e relacionavam-se com outros jovens franceses.

Lúcia, também, que já conjugava alguns verbos, só se irritava de vez em quando com o mau humor parisiense. Ia com Marta às compras e ao clube. Marta lhe apresentara suas amigas, e com uma ou outra ela se entendia bem.

Percebia que, no fundo, dondoca é a mesma coisa em qualquer lugar. Embora as de lá parecessem um pouquinho mais interessadas pelos destinos do mundo.

Luís e Renato, agora amigos, pensavam em expandir a agência da empresa em Paris. Talvez convocassem mais uns dois brasileiros para novos postos-chave e admitissem alguns franceses para equilibrar a balança.

As notícias da família, no Brasil, também eram boas. Os que se deslocaram para ocupar o lugar dos outros nas respectivas casas, acomodaram-se. Vocês podem pensar que teria sido muito mais simples a tia solteira de Luísa ter ido cuidar da casa deles, o que só provocaria um deslocamento. Mas é porque não conhecem a família de Lúcia. São do tipo: "Pra que optar pelo simples, se podemos complicar?"

Depois da conversa que o marido tivera com Luísa, Lúcia escreveu à irmã caçula pedindo que desse uma olhada no que estava acontecendo com André. Agora ela lhe respondia, muito preocupada com o efeito da notícia sobre a sobrinha. Dizia ter estado com os pais dele e que de fato ele passara momentos difíceis nos primeiros meses, depois que Luísa partira. No entanto, havia uns dois meses namorava uma menina chamada Mariana, parecendo estar muito apaixonado.

Ah! Luís, Lúcia e eu vibramos com essa notícia. Afinal, nada temos contra o menino. Foi só abrir a porta para os dois perceberem o engano. Isso não quer dizer que André terminará com Mariana e Luísa com Lucas. Neste momento, quer dizer apenas que descobriram que o amor tem mais de uma face.

O futuro… Bem, o futuro, como diz Lúcia, é eterno!

14. NEM TUDO SAI COMO A GENTE QUER

Alguns meses se passaram. Viveram todos mais um outono e mais um inverno. Outra primavera chegava.

Durante esse tempo, Luísa e Lucas brigaram uma única vez. Por um motivo tão tolo, ciúme bobo e infundado, que nem me lembro mais se fora ela ou ele que ficara enciumado. Uma semana depois, mortos de saudade, também não sei qual deles teve a iniciativa de telefonar para o outro. O fato é que se encontraram e juraram nunca mais brigar. A gente sabe que no convívio isso é praticamente impossível, mas essas juras não custam nada e dão segurança durante um tempo.

Enquanto isso, o Brasil caminhava com seu novo governo. Já no governo anterior, a preocupação em moralizar o país levara ao afastamento algumas autoridades corruptas e ao corte de uma ou duas empresas, de má-fé mais evidente, da imensa lista de fornecedores.

O novo governo faria a mesma coisa, isto é, mais uns políticos e mais uma ou duas empresas seriam sacrificados em nome do Pai, do Filho e do Espírito Santo. Porque limpar tudo era mesmo impossível!

A corrupção na matriz da empresa em que Luís trabalha andava tão alarmante que deram ao presidente dela um ultimato: ou mudam a direção ou a empresa será proscrita!

Bem, aquele corre-corre nervoso para encontrarem alguém acima de qualquer suspeita fez com que chamassem Renato ao Brasil, com urgência. A reputação dele era das melhores nos meios envolvidos.

Luís ficou em seu lugar, tocando a agência de Paris durante os dias em que Renato permaneceu no Brasil.

De volta a Paris, satisfeitíssimo com o desempenho do amigo durante sua ausência, Renato chamou Luís em sua sala:

– Estou sendo convocado a assumir a direção financeira da empresa em São Paulo – disse ele.

Explicou a Luís a situação da empresa no Brasil, a proposta que lhe fizeram e as razões de sua impossibilidade de recusar. Falara com a mulher sobre o assunto, mas ainda não falara com o filho.

– Como existe a questão de nossas crianças, antes de falar com Lucas, quis falar com você. De qualquer forma, ele poderá optar por terminar aqui a universidade. O fato é que tenho duas propostas a lhe fazer, já discutidas em São Paulo. A primeira seria a de você assumir meu lugar e tocar esta agência, permanecendo em Paris por mais três ou quatro anos, pelo menos. Nesse caso, eu lhe mandaria um auxiliar e seu salário atual seria triplicado. Além de outras vantagens oferecidas pela empresa.

– A segunda proposta, qual seria? – perguntou Luís, ansioso.

– Seria a de me assessorar em São Paulo. Para isso, eu teria que conseguir duas pessoas que ficassem aqui, em nosso lugar.

– E o Marcos? Não poderia…

– Não convém mexer com ele. Seu trabalho é específico e está se dando muito bem. De qualquer maneira, esta solução não será tão rápida. Parece fácil conseguir pessoas competentes e idôneas, que possam assumir uma agência distante da matriz, mas não é! Se você optar por voltar ao Brasil, terá que ficar aqui pelo tempo necessário, até essas pessoas chegarem e você passar tudo a elas.

Era tudo o que Luís queria! Apesar de já estarem bem mais adaptados, não há nada como a terra da gente. É nela que estão nossas raízes e nossos laços mais profundos.

– Você calcula quanto tempo, mais ou menos? – quis saber Luís, o coração acelerado.

– Até encontrar as pessoas certas, elas se prepararem, virem e ficarem prontas pra tocar tudo, imagino que levará de seis meses a um ano. Só que, aí, seu salário lá seria mais ou menos o mesmo daqui. Sem outras regalias.

Caramba! Por que as coisas nunca são exatamente como gostaríamos que fossem? Pode até parecer que a decisão é fácil para Luís, mas não é! O triplo do salário, acompanhado de outras regalias, tentaria até o diabo! Essa solução, à primeira vista, parece a mais acertada. Sobretudo, Renato tendo deixado aberta a possibilidade de Lucas continuar seus estudos em Paris. Mas voltar para o Brasil era seu desejo secreto. De Lúcia, então, nem se fala. Luísa só não suportaria a ameaça de separar-se de Lucas.

– E quanto tempo tenho para decidir? – perguntou Luís, controlando-se.

– Três dias!

Luís chegou em casa com a cabeça estourando. Não quis jantar. Foi logo deitar-se.

Lúcia e Luísa ficaram preocupadas, pois raramente o tinham visto tão indisposto.

A verdade é que pensava não querer ser pressionado pela mulher desta vez. E havia Luísa, Lucas, o ano letivo a terminar dentro de dois meses. Em sua cabeça, um turbilhão. Não tomaria, é claro, qualquer decisão sem consultá-las. Mas, antes disso, precisava organizar seus próprios pensamentos.

Uma noite em claro! Como é difícil tomar decisões que envolvam outras pessoas! Sem pregar os olhos, acordou Lúcia muito cedo.

Conversaram. Lúcia compreendeu o impasse do marido, ela própria sem saber o que dizer. Nem como abordar o assunto com Luísa.

– Desta vez, Luís, prefiro que decida sozinho – disse. – Estarei com você, seja qual for a decisão.

Essa postura, se por um lado mostrava que crescera nos últimos tempos, de outro ajudava-o pouco a decidir-se.

– Não, Lúcia. Precisamos discutir muito o assunto. Precisamos, desta vez, decidir todos juntos. Luísa também, com dezessete anos, já não é mais uma criança que se possa deslocar sem que ela consinta.

Depois de muito pensar, Luís teve uma ideia que talvez pudesse ajudar.

– Vou conversar com Renato. Vou sugerir que falemos com Lucas e Luísa, todos juntos. É melhor assim.

Achei ótima a ideia de dividir a responsabilidade da decisão com todo mundo. Mesmo porque, isso me liberta da promessa de discutir o fim da história com Luísa, uma vez que ela própria o decidirá com os demais.

15. O FINAL, QUEM DECIDE?

"Você é muito esperta!", pensou Luísa, olhando para cima. Ela insistia em me procurar no teto!

Renato e Marta concordaram em não falar com Lucas. Estariam todos juntos, naquela noite, para tratar do assunto. É verdade que, para eles, era mais fácil. Lucas era um rapaz sensato e, ainda que lhes custasse separarem-se do filho, ele tinha vinte anos. Iria ao Brasil passar as férias.

Para Luís e Lúcia, as coisas já eram menos simples. Não deixariam Luísa em Paris, sozinha, àquela altura da vida.

Luísa sentia uma tempestade qualquer aproximar-se. O silêncio anormal de seus pais, em casa... Os olhares deles, a reunião à noite na casa de Lucas...

– Afinal, o que é que está acontecendo, podem me dizer? – reclamou, quando seu pai chegou, mais cedo do que de costume, do trabalho.

– Vai saber mais tarde – respondeu Luís.

– Nunca fizeram suspense antes! – insistiu ela.

– Espere, Luísa. À noite, na casa do Lucas, conversaremos todos juntos! – pediu Lúcia.

– Não há quem aguente um clima desses! O que o Lucas tem a ver com a história?

– Chega, Luísa! – disse Luís, enérgico. – Vá se arrumar que daqui a pouco vamos sair! Vai ter que esperar até chegarmos lá, quer queira, quer não!

"Só pode ser alguma coisa muito grave!", pensou Luísa dirigindo-se a seu quarto. "Meu pai nunca falou comigo assim, e minha mãe nunca guardou segredo!". Agora tinha pressa de saber o que tinham para dizer. Tratou de aprontar-se rapidamente.

O clima na casa de Lucas não era muito diferente. A súbita mudança mexera também com o casal. Tinham já uma vida estável em Paris. Ninguém pensava, naquele momento, em voltar para o Brasil, assim de repente. Lucas, como Luísa, estava achando tudo muito estranho.

Quando Luís chegou com a família, Lucas afastou-se com Luísa:

– Você sabe o que está acontecendo? – perguntou ele.

– Não tenho a mínima ideia! Mas, pelos nervos de meu pai e o jeito de minha mãe, boa coisa não deve ser!

– Aqui em casa está assim também, desde que meu pai voltou de viagem. Falam baixo pra eu não ouvir, esquivam-se de perguntas. Estou começando a ficar nervoso, sabe?

– Mas não temos nada a temer. Não deve ser nada com a gente em particular.

Foram chamados à sala e, num clima de tribunal, Renato começou a falar. Contou a Lucas e Luísa tudo o que se passara em São Paulo e a convocação que lhe fizeram para regressar ao país.

Luísa, sem ter ideia do desfecho daquilo tudo, sentia tremerem suas pernas. "Não deixo Lucas, nem que eu própria tenha que escrever o final deste livro!", decidiu.

Luís começou, então, dirigindo-se à filha:

– A empresa me faz duas propostas. Não quis decidir nada sem antes falar com você. E achei melhor que fosse na presença do Lucas, porque sei que neste momento seria difícil separá-los...

E foi descrevendo as propostas, enquanto Luísa empalidecia de medo.

Adulto é mesmo muito complicado! Depois de Luís ter passado uma noite em claro, de ter feito essa abordagem pisando em ovos, Lucas, que sentia a mão de Luísa gelar e transpirar nas suas, desabafou:

– Tenho o maior respeito pela carreira de meu pai. Prova disso é que nunca cobrei o preço que paguei pelas minhas adaptações. Tenho, também, o maior respeito pela sua carreira, seu Luís. Mas... raciocinem comigo: se hoje eu posso optar pelo Brasil ou por Paris, se amo Luísa e ela me ama, tá na cara que vou optar pelo lugar onde ela for obrigada a ficar! Agora pergunto: o que é que nós dois, Luísa e eu, temos a ver com todo esse conflito interior de vocês? A Luísa está aqui com as mãos geladas de medo do que vai acontecer porque vocês dramatizam tudo!

Luísa pensou que fosse desmaiar. Que discurso bacana, meu Deus! Renato, Marta, Luís e Lúcia ficaram assim, de boca aberta, olhando pro Lucas, que tinha abafado sem mais delongas!

– Mas... e o triplo do salário?... E a vontade que nós sempre tivemos de voltar pra casa? – sussurrava Luís para si, com o mesmo ar aparvalhado que tinha nos três primeiros capítulos.

Ora, a gente tem um trabalho danado para fazer uma personagem crescer, capítulo por capítulo, para assistir já quase no final da história a uma regressão dessas?!

Depois do discurso de Lucas, Luísa recuperou completamente sua estabilidade. Muito segura de si, concluiu:

– Pai! Acho que você tem que se perguntar o seguinte: será que eu, que nunca persegui o dinheiro na vida, vou deixar-me seduzir agora pelo triplo do salário? Quando tiver a resposta, amanhã, diz pra gente o que resolveu. A esta altura, não vejo grande diferença entre ficar mais um ou três anos aqui, já que de qualquer jeito voltaremos para o Brasil e que se eu ficar o Lucas fica, se eu for o Lucas vai.

Pobre Luís! Desta vez iria mesmo ter que decidir sozinho! E, depois, não iria poder culpar ninguém!

Lucas e Luísa, depois de terem devolvido a bomba aos respectivos pais e, muito provavelmente, aos respectivos sogros, retiraram-se. Iriam assistir a um filme antigo. Não tinham nascido ainda quando passou no Brasil: *Momento de decisão*.

Lá fora, Luísa olhou para cima, todos sabem por quê, levantou o polegar e disse pra mim: *chapeau*!

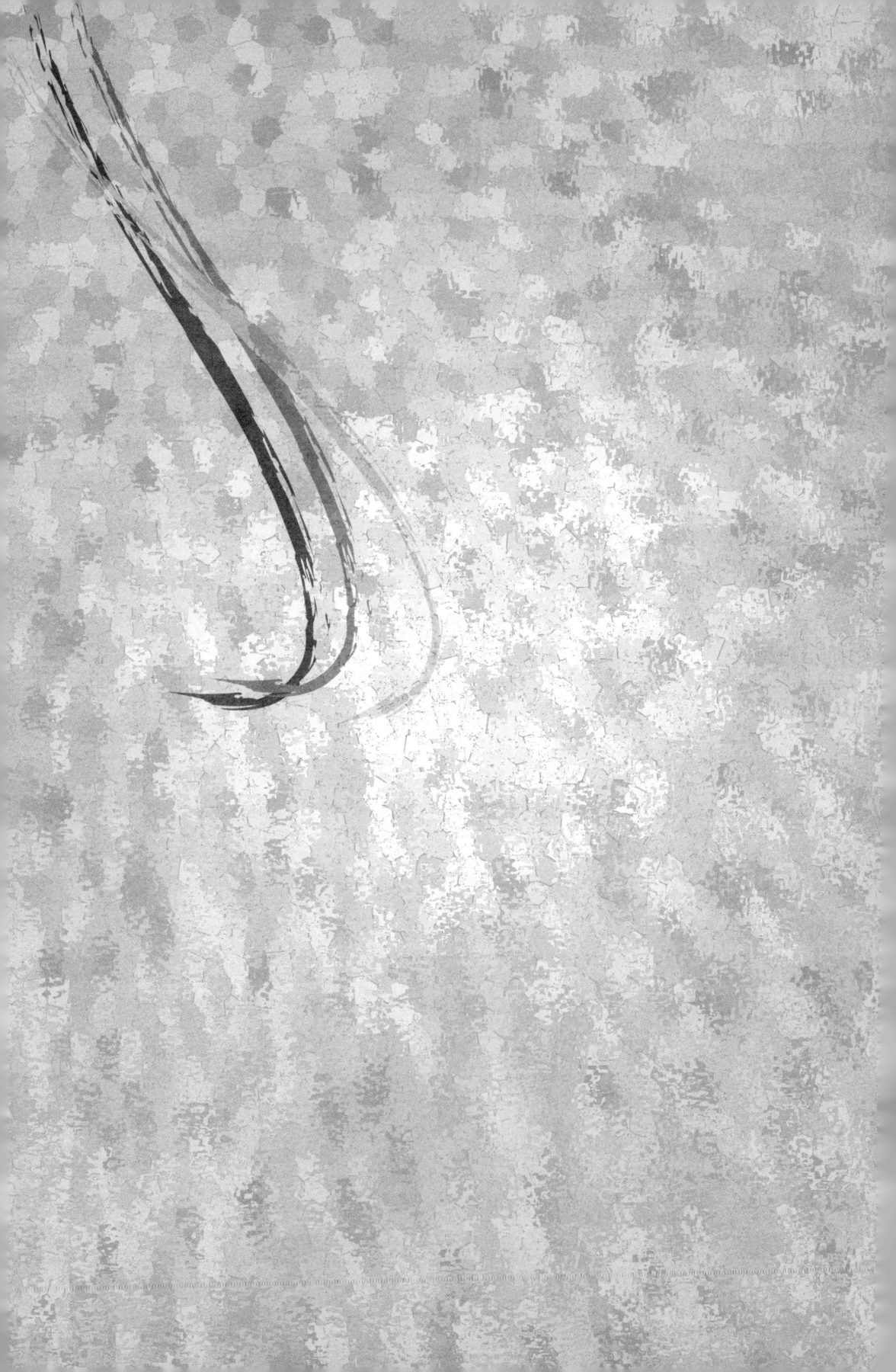

A AUTORA

Escrever pode ser também um exercício lúdico. Diverti-me passeando por este livro. Gostei de ser criticada e desafiada por minhas personagens. Afinal, não sou dona da verdade e pareceu-me justo que as personagens, ao adquirir vida própria, depois de algumas páginas, fizessem exigências sobre o destino que eu lhes dava. Aliás, outros autores já usaram esse recurso antes de mim.

Este meu livro bem-humorado difere muito dos que publiquei anteriormente, de conteúdo dramático e propostas exclusivamente sérias, como: *Em carne viva*, *Menina mãe*, *Quem roubou minha infância*, ou mesmo a história de amor de *O abraço da meia-noite*.

Mas por que não revelar o meu lado humorístico? E, depois, não se pode dizer que a proposta de mandar uma família adaptar-se a outro país não seja séria. Eu mesma já vivi essa experiência por duas vezes, na França e em Portugal, países que adoro, e asseguro que, apesar de ter valido a pena, nem sempre foi fácil!

Além disso, achei útil mostrar que uma personagem, depois de estruturada, tem sua própria personalidade e não podemos fazer dela o que bem entendermos. Ou que ela pode – como nós, diante da vida – protestar pelo papel humilhante que lhe foi imposto na obra.

Afinal, a vida não é um vale de lágrimas... Rir, até da gente mesma, é fundamental!

Impresso sobre papel Offset 90 g/m².

Foram utilizadas as variações da fonte ITC Stone Serif.